笑嘻嘻生活日記

編輯序

當孩子不愛讀書……

慈濟傳播人文志業中心出版部

親師座談會上，一位媽媽感嘆說：「我的孩子其實很聰明，就是不愛讀書，不知道該怎麼辦才好？」另一位媽媽立刻附和，「就是呀！明明玩遊戲時生龍活虎，一叫他讀書就兩眼無神，迷迷糊糊。」

「孩子不愛讀書」，似乎成為許多為人父母者心裡的痛，尤其看到孩子的學業成績落入末段班時，父母更是心急如焚，亟盼速速求得「能讓孩子愛讀書」的錦囊。

當然，讀書不只是為了狹隘的學業成績；而是因為，小朋友若是喜歡閱讀，可以從書本中接觸到更廣闊及多姿多采的世界。

問題是：家長該如何讓小朋友喜歡閱讀呢？

專家告訴我們：孩子最早的學習場所是「家庭」。家庭成員的一言一行，尤其是父母的觀念、態度和作為，就是孩子學習的典範，深深影響孩子的習慣和人格。

因此，當父母抱怨孩子不愛讀書時，是否想過——

「我愛讀書、常讀書嗎？」

「我的家庭有良好的讀書氣氛嗎？」

「我常陪孩子讀書、為孩子講故事嗎？」

雖然讀書是孩子自己的事，但是，要培養孩子的閱讀習慣，並不是將書丟給孩子就行。書沒有界限，大人首先要做好榜樣，陪伴孩子讀書，營造良好的讀書氛圍；而且必須先從他最喜歡的書開始閱讀，才能激發孩子的讀書興趣。

根據研究，最受小朋友喜愛的書，就是「故事書」。而且，孩子需要聽過一千個故事後，才能學會自己看書；換句話說，孩子在上學後才開始閱讀便已嫌遲。

美國前總統柯林頓和夫人希拉蕊，每天在孩子睡覺前，一定會輪流摟著孩子，為孩子讀故事，享受親子一起讀書的樂趣。他們說，他們從小就聽父母說故事、讀故事，那些故事不但有趣，而且很有意義；所以，他們從故事裡得到許多啟發。

希拉蕊更進而發起一項全國的運動，呼籲全美的小兒科醫生，在給兒童的處方中，建議父母「每天為孩子讀故事」。

為了孩子能夠健康、快樂成長，世界上許多國家領袖，也都熱中於「為孩子說故事」。

其實，自有人類語言產生後，就有「故事」流傳，述說著人類的經驗和歷史。故事反映生活，提供無限的思考空間；對於生活經驗有限的小朋友而言，通過故事可以豐富他們的生活體驗。一則一則故事的累積就是生活智慧的累積，可以幫助孩子對生活經驗進行整理和反省。

透過他人及不同世界的故事，還可以幫助孩子瞭解自己、瞭解世界以及個人與世界之間的關係，更進一步去思索「我是誰」以及生命中各種事物的意義所在。

所以，有故事伴隨長大的孩子，想像力豐富，親子關係良好，比較懂得獨立思考，不易受外在環境的不良影響。

許許多多例證和科學研究，都肯定故事對於孩子的心智成長、語言發展和人際關係，具有既深且廣的正面影響。

為了讓現代的父母，在忙碌之餘，也能夠輕鬆與孩子們分享故事，我們特別編撰了「故事home」一系列有意義的小故事；其中有生活的真實故事，也有寓言故事；有感性，也有知性。預計每兩個月出版一本，希望孩子們能夠藉著聆聽父母的分享或自己閱讀，感受不同的生命經驗。

從現在開始，只要您堅持每天不管多忙，都要撥出十五分鐘，摟著孩子，為孩子讀一個故事，或是和孩子一起閱讀、一起討論，孩子就會不知不覺走入書的世界，探索書中的寶藏。

親愛的家長，孩子的成長不能等待；在孩子的生命成長歷程中，如果有某一階段，父母來不及參與，它將永遠留白，造成人生的些許遺憾——這決不是您所樂見的。

作者序

童年，再來一次

◎吳文峰

大概沒有人會記得自己什麼時候開始學走路？什麼時候會說第一句話？自己是如何離開父母的羽翼，獨自適應一個又一個的陌生環境，進而邁向學習的道路？

如果，能幸運成為父母，就有機會陪著孩子成長，讓自己再過一次童年。

孩子現今的學習方式非常活潑，學校將民主法治的觀念帶入校園。從一年級入學起，舉凡模範生和班級幹部的任命，就由全班同學提名、投票、表決，選出心目中的理想代表人選。

所以才會有這樣的故事：由於有經驗又具領導能力的班長最佳人選（游詠晴），只能擔任一學期、不得連任，於是大家票選出另一位非常儀態大方、成績優秀的孩子

（曾正壯）；但是，沒多久，他居然忘記所託，利用權勢之便，我行我素，將班上搞得烏煙瘴氣、怨聲載道，差點被洪水般的民意所吞噬。（詳見「罷免班長」）

除了智能和體能的學習外，孩子們也被潛移默化的教育要學習「關懷」，關懷特殊教育的同儕。這些孩子們（像是書裡的林敏芳、何畢炎、帥小弟），常有天使般的特殊眼神和表情，讓小朋友對他們產生異樣眼光、甚至心生恐懼。

於是，學校透過「有口難言」的活動，體會瘖啞人士的生活；安排孩子與特教班學生合併上課、一起遊戲，增加彼此互動互訪的機會，進一步認識「慢飛小天使」尚未開竅的心靈。

成長過程裡，我們曾經遭遇過、孩子們也依然要學習的課題，像是書裡的「翹課」、「游泳課」、「來不及了」、「真英雄」、「走道上的書包」等學習成長的基本要求，或是「我的小客人」、「跟她玩要掛號」等人際關係，以及「我會做家事」、「早安伯伯」等品格教育，都像是亙古不變的道理，代代相傳。

故事裡的主人翁「吳小喜」，是一位八歲、無憂無慮的二年級女生。爸媽幫她取「小喜」這個名字時，希望她常有「大樂」；難怪她每天都很開心，不管是長輩、老師和同學都喜歡叫她「笑嘻嘻」。

在故事裡，她有幾位好朋友，像是有點膽小的艾明莉、充滿正義感的包滿玉、全能才女鄭美麗、遲到大王陳琵玫，還有好好先生李英俊、調皮搗蛋的高孝丰、差點被罷免的班長郝冶倫等；由於同學們的陪伴與人際的互動，讓學校生活更加生動有趣，讓充滿上學的期待與動力。

每個故事最後，還設計了「給小朋友的貼心話」，我希望能透過「吳小喜」的眼光和筆觸，將現代學童在學校、校外活動的生活點滴，以及和同學與朋友之間的互動，用有趣而發人省思的故事，引起讀者共鳴，進而產生一些漣漪效應。

願目前就讀幼稚園的弟弟、妹妹，不害怕念小學，漸漸瞭解、並喜歡屬於小學生的生活。

願小學生讀者能分享主人翁玩的遊戲、學會的經驗、珍貴的友誼和笑淚的時刻。

願念書給小朋友聽的爸爸、媽媽或爺爺、奶奶，能一邊念、一邊回憶自己的童年往事，並瞭解現代的小學生在想什麼？在玩什麼？

這就是本書最大的功能了。

目錄

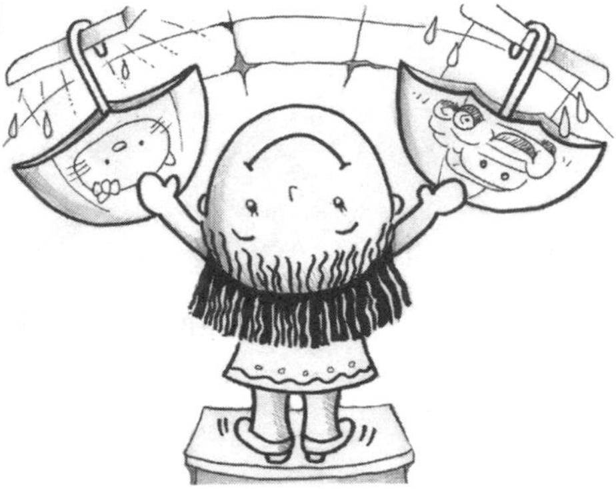

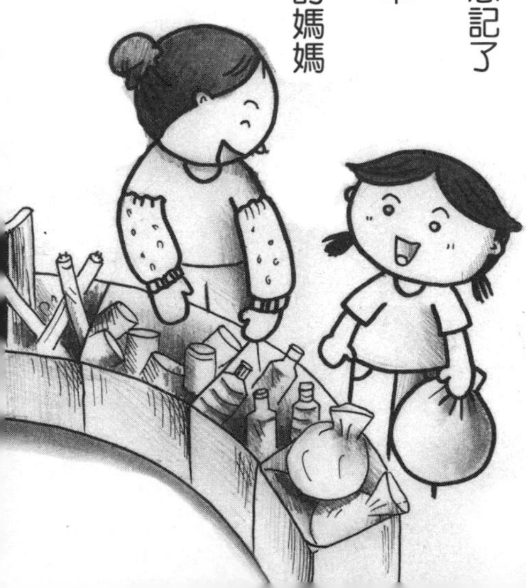

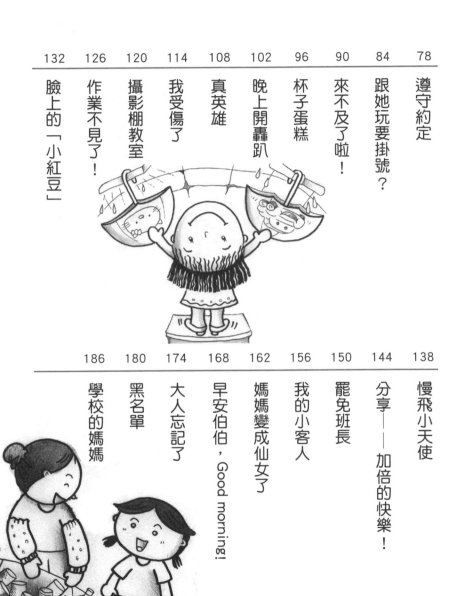

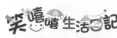

耶！開學了！

九月三日（一）天氣：

五、四、三、二、一——耶！開學了！

經過炎熱又漫長的暑假，終於要正式上學，每天可以和一大群同學，自由自在的學習新知識，開開心心的在偌大的操場上追逐、玩耍。

早在開學前兩週，我就在牆上的月曆記下距離開學日的天數。

「哈、哈！妳是在學我以前當兵等退伍，天天在倒數日子嗎？」

爸爸看到我現在的做法，想起了以前。

「當兵？」我歪著頭說，「我覺得比較像是除夕在跨年倒數哩！」

開學前一天，我就像要去校外教學一樣，老早就準備好隔天的衣物，在床上翻來滾去，興奮得睡不著。一大清早，我就自動自發的跳下床，精神抖擻，用最快的速度走到校園；已經到的同學們，不是在翻閱新的課本，就是在座位上聊天，分享暑假的趣事。

「我整個暑假都待在家裡，快被我弟、我妹給吵死了！」艾明莉是家裡的大姊，弟弟跟妹妹都還沒有上學；「我臉上的傷痕，就是前兩天被妹妹的手指抓出來的。」看她右臉頰出現一個「紅色驚歎號」，可見當時戰況之激烈。

「我在鄉下的阿公、阿媽家過暑假，成天在田裡追蝴蝶、捉蚱蜢，有時候還陪阿媽去挖竹筍，很好玩呢！」包滿玉口中的鄉村生活，聽起來令人羨慕。

「我去上了舞蹈班和戲劇課。」全能才女鄭美麗，這個暑假又多了兩種才藝。

「我整個暑假都在上游泳課！只要不發燒，我連感冒都去游，游泳太好玩了！」想不到，本來跟我一樣怕水的陳琵玫，居然在暑假的游泳訓練班裡，從初階一路過關斬將的升到高階。

「我利用暑假看了很多書，幫每本書都作了一張閱讀單，最後看了好幾十本。」暑假作業只要求我們看五本書而已，游詠晴卻拿出厚厚一本裝訂成冊的閱讀心得，裡頭有她的讀書心得和手繪的圖畫，看起來好精彩，果然是個優秀模範生。

「笑嘻嘻，那妳呢？」我的名字叫吳小喜；因為愛笑，外號就是「笑嘻嘻」嘍！

「我去了一趟香港迪士尼，回來後就待在安親班了。即使安親班老師也費心安排很多

好玩活動，像是去騎腳踏車、作點心之類的，但活動空間有限，我還是最想念你們！」

「就是說呀！」包滿玉和艾明莉附和的說。

「我也是！開學了，大家又可以在大操場上跑來跑去的！」陳琵玫比手畫腳的說著。

記得去年開學時，大家都帶著忐忑不安的心情開始了小學生活。才短短一年，我們大家從陌生到熟悉，從認識注音符號到可以閱讀一整本故事書，還一起學習許多知識、到圖書館借書、在校園追逐……上學像是一齣精彩的連續劇，每天都有不一樣的劇情。

開學了，真好！

給小朋友的貼心話

小朋友，你喜歡上學嗎？在學校，我們能結交到好朋友、認識新詞彙、學到許多知識、參加好玩的社團活動等，上學是不是很有趣呢？多想想一些好玩的事，你一定會和「笑嘻嘻」一樣，喜歡學校、愛上學習，期待上學的每一天。

膽小鬼上游泳課

九月十八日（二）

天氣：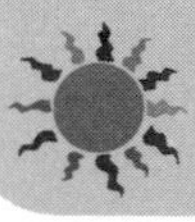

今天，終於要上游泳課了！

回想一年級時的八堂游泳課，我哭了七堂課；最後一堂課沒哭，是因為體育老師去開會，由代課老師帶領我們在水裡玩搭肩揹背、吹泡泡、螃蟹走路等水中遊戲，讓我忘記了恐懼和害怕，也才瞭解到，原來在水裡也可以這麼好玩。

一年級上課時，我泡在游泳池邊，看著同學嘻嘻哈哈的打水、換氣、游泳，心裡感到很難過。望著那起起伏伏的池水，我覺得自己好像是《木偶奇遇記》裡的皮諾丘，跌入茫茫無際的海水裡，被龐大的鯨魚吞沒，無法再見到燦爛的太陽。

「膽小鬼、膽小鬼，吳小喜是膽小鬼！啦……」高孝丰常趁著老師不注意，游過來取笑我、逗弄我。

郝冶倫還火上加油，趁機往我臉上潑水。我站在這裡已經夠可憐了，還被男同學欺負；滿腹心酸，讓我忍不住嚎啕大哭起來。

「你們不要這樣子，她會更害怕的。」還好岸邊的愛心媽媽過來解危，又拿毛巾幫我擦臉。

那段痛苦的日子裡，讓我常從週日晚上開始煩惱，週一非常鬱悶，週二早上鬧肚子痛，一直到一學期四堂的游泳課結束後，情況才能舒緩。

大家都努力找出激勵的辦法，像是買玩具、吃炸雞等方案，希望我對游泳課產生好感，連安親班的小羊老師也加入。「我以前也超怕游泳的，看同學玩得那麼開心又有點不甘心；於是轉個念頭想，或許可以嘗試一下。」她開心的說，「想不到，在水裡那麼有趣！妳不試試看真可惜了。」

再加上聽包滿玉形容在水中優游自在的感覺，讓我也心動起來，下定決心要讓同學對我刮目相看。

暑假時，媽媽幫我報名了游泳課。在教練老師的鼓勵下，我勇敢的將頭埋進水裡，發現自己居然飄浮起來，像是水中的小魚兒；那奇幻的感受，實在非筆墨所能形容。從此，我就愛上那美妙的感覺了。

經過那段時間的密集訓練後，今天上課時，男同學看我從初階、越過初中階，一口氣進入中階，個個都用不可思議的表情看著我。

然後，我步入游泳池，準備用最熟悉的姿勢划出水面。

「膽小鬼、膽小鬼，吳小喜是膽小鬼！啦……」高孝丰又在取笑我了。

我冷靜的看了他一眼，正好老師的哨音響起：「嗶！」出發嘍！

「高孝丰！你還不游過去，站在那裡發什麼呆啊？」等我一口氣游到對岸停下來後，聽到老師在念他。

原來，游泳是這麼輕鬆愉快的活動；原來，最大的恐懼是來自於自己的想像；原來，我也是個勇敢的小女孩呢！

給小朋友的貼心話

小朋友，你會不會對沒去過的地方、或沒體驗過的事物感到不安和恐懼呢？其實，只要放下既有成見，以輕鬆開放的心情去嘗試，就能消除心中的恐懼和疑慮，為自己打開不同的視野呵！

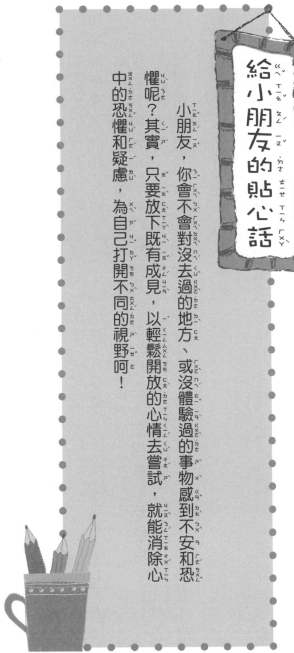

走道上的書包

九月二十七日（四） 天氣：

班上大部分同學都背雙肩帶的後背式書包，有極少部分的同學則用類似行李箱的拖拉式書包；雖然節省力氣，但拖拉式書包上下樓很不方便，又有被勾到而跌倒的危險，學校要大家儘量不要使用。

書包背到教室後，我們都擺在緊靠桌子側邊的走道上，儘量不要影響到其他同學行走。

下課時，我發現曾芬芳的書包跑到走道上了，便好心提醒她，希望她把書包拉回桌子側邊；想不到，她很生氣的大聲說：「妳不會繞路過去呵！」

聽她大聲叫，我也火了：「妳書包擋在路中間本來就不對嘛！」比我高半個頭的曾芬芳，平常很風趣大方，會照顧同學，偶爾還會發明一些好玩的遊戲，大家都很喜歡她。

這個月重排位子後，她正好坐我後面，我們有更多機會一起玩，我超開心的。但是，她今天不知道怎麼搞的，一整個鬧彆扭，實在很反常。

艾明莉明明就坐在我同排的前面兩個位子，丟了垃圾後卻不敢過來幫我說話，繞過隔壁走道，默默的走回自己的位子。

「曾芬芳，妳書包擺這樣真的很不好耶！」還好，仗義執言的游詠晴過來幫腔：「我媽念國中時，有一次，同學跟她玩，故意伸出腳絆她，我媽一不小心就被絆倒了。正巧那天有家政課，同學帶的縫衣針就插在書包裡；我媽不但摔倒，縫衣針還不巧的插入她的右小腿後斷掉，她馬上被送到醫院開刀取出針頭呢！」

我們都為游詠晴媽媽的遭遇感到難過，我小心翼翼的問：「後來呢？」

「我媽媽右小腿現在還留有兩公分的

疤痕。她一直要我在學校要小心，更不可以跟同學開這種危險的玩笑。」

游詠晴說完後，我們看了曾芳芬一眼；她雖然看起來有點不好意思，卻跟我們兩個做個鬼臉，理直氣壯的說：「我們現在又沒有家政課，書包裡哪有縫衣針啊！兩個愛管閒事的管家婆！」我聽得火氣更旺了！

正好上課鐘響，同學們陸續從操場回來。調皮的高孝丰看到我們在吵架，又看

到地上的書包，開心的說：「我是奧運十項全能的英雄，來表演跨欄啦！呀——」

他一個箭步伸出右腳，跨過曾芬芳的書包；想不到，他跳得不夠高，左腳絆到書包，膝蓋重重的摔到地上，正巧壓到地上的小碎石而破皮流血。

高孝丰當場從「跨欄英雄」變成趴地的狗熊。還好，同學們互相幫忙，郝冶倫和薛天龍幫忙扶他起來，艾明莉則拿出衛生紙和OK繃給他用。

一旁的曾芬芳嚇得哭出來：「對不起……我不是故意的……」

原來，曾芬芳今天忘了帶作業，被罰一天不能下課，覺得很沒

面子；坐在座位上，不小心將書包踢到走道，被我提醒後覺得更沒面子，才會發脾氣。

還好，郝治倫陪高孝丰去健康中心擦藥，回來後說並不嚴重，大家才鬆了一口氣。

給小朋友的貼心話

小朋友，「遊戲」是一件好玩而有益身心的事；不過，如果是調皮的惡作劇就非常不好了，這樣的行為往往會使人受傷，甚至造成一輩子無法彌補的傷害，我們一定要避免它。在遊戲裡，我們要注意保護自己、照顧別人，確保彼此的安全呵！

遲到大王

十月四日（四） 天氣：

今天的「硬筆字比賽」，陳琵玫又錯過了；老師昨天才千交代、萬交代——不能遲到！但她還是缺席了。大家私底下都稱她是「遲到大王」。

錯過重要測驗是一件不可思議的怪事；上學期的第一次月考，她居然也是因為大遲到，而錯過國語科目考試，實在有夠誇張。

陳琵玫的家，是全班同學中離學校最近的，走路不用三分鐘。

「妳家那麼近，妳怎麼老是遲到？」陳琵玫是我的好麻吉，我好奇又關心的問她。

「沒辦法呀！我媽說，我是大姊、要做好榜樣；再加上我已經學會看時鐘，她每天叫我起床、準備好早餐後，我就得一切自理。」陳琵玫無可奈何的說。

「什麼叫一切自理？」

「就是她不再提醒或催促我了，我得為自己的行為負責。」

「妳媽媽好酷呵！」我超羨慕的，「我媽老說不再催我，結果還是忍不住碎碎念，一直提醒我已經幾點幾分，煩死了！」

「唉！我才希望我媽多多提醒我呢！」陳琵玫居然會羨慕我，好奇怪？「要不然，我連月考那麼重要的日子都會錯過，最後還要補考，更麻煩呢！」

「妳是睡過頭了嗎？」我還是很好奇她遲到的原因。

「其實，我都很早起、也不會賴床，只是動作慢了一點點。」

陳琵玟雖然是我的好朋友，但是真的很會東摸西摸，會被路上的小貓、小狗之類的吸引，十分鐘的路可以走上三十分鐘。

「妳沒有想要加快速度嗎？」

「當然有呀！」陳琵玟其實也很懊惱，「但是，隨時隨地總有好玩的事情吸引人家的注意嘛！」

其實，我很瞭解這種「摸病」。比方說「洗澡」這件事，我可以洗五分鐘到五十分鐘不等；雖然我有時候既從容又俐落，但我們小朋友總能從「工作」中找到遊戲的樂趣呀！

有時候，我發現浴室地板有點髒，就自告奮勇的刷洗，地板變乾淨或被爸媽稱讚，總讓我感到非常有成就感。

最近我在洗澡時發現，可以用一點沐浴乳和洗髮精，從指縫間拉出透明的彩色薄膜，再輕輕的吹出美麗的泡泡；運

氣好一點時，還能將泡泡接回手掌上，用兩隻手掌拉出一條五彩繽紛的圓柱體，真令人愛不釋手呢！

不過，總是玩得錯過上床時間；惹得爸爸生氣、媽媽發脾氣，我像個無助的小國般被兩個大國夾擊。快樂竟然像一顆顆夢幻泡泡，美麗而短暫，更別提隔天還要萬分痛苦的起床！所以，陳琵玫的痛苦我能感同身受。

「我有好辦法了！」我開心的跟她說，「我們平常儘量避免被好玩的事吸引而分心，等週末時再一口氣玩個夠，拖拖拉拉個過癮，妳說怎麼樣？」

「聽起來還不錯耶！」陳琵玫帶著崇拜的眼神看著我，「那我們一起試試看，每天進步一點點吧！」

給小朋友的貼心話

小朋友，有句話說：「一寸光陰一寸金，寸金難買寸光陰。」意思就是，再多的金錢也買不回逝去的時間。我們一定要好好珍惜寶貴的、一去不復返的時間；拖拖拉拉的行為，將會讓你失去更多可以學習與遊戲的時刻呵！

來自地獄的聲音

十月十三日（六） 天氣：

昨天下課時，女同學們圍在鄭美麗的位置旁聊天。

「咦？包滿玉，妳什麼時候生日？我好像都沒吃過妳的生日點心耶？」鄭美麗問。

「我是夏天出生的獅子座，生日都在放暑假，所以就沒機會請大家吃點心嘍！不好意思啦！」包滿玉吐吐舌頭。

「吼——妳是鬼小孩！」曾芬芳突然大叫，嚇得正在喝水的我差點兒嗆到。

「妳是鬼月生的，當然是鬼小孩！」曾芬芳嘟起嘴來。

「妳少亂講了！我阿媽說，農曆七月是佛教的『歡喜月』；我是歡喜月出生的、受到佛陀祝福的快樂小女生，哪是什麼鬼月？」包滿玉不甘示弱，「妳少沒知識了，沒知識也要常看電視，懂嗎？」

眼看著要吵起來了，艾明莉這時使個眼色要大家靠近，然後壓低聲音說：「妳們聽過『來自地獄的聲音』這個傳說嗎？」我們看著她，全都一頭霧水。

「有耶！我聽安親班同學說過。」鄭美麗歪著頭想了一下，「好像是拿起電話，按下『零』那個鍵幾次，就可以聽到來自地獄的聲音了。」

「幾次？」

「好像是三次？」

「三次太簡單了啦，我同學說要按十次零！」

「真的假的？」

「來自地獄的聲音？」

「別嚇我啦！『笑嘻嘻』的我聽到這個『來自地獄的聲音』，鐵定笑不出來，還要改名『嚇兮兮』了啦！」

「哪有這種事？我才不相信什麼地獄的聲音，簡直是鬼話連篇！」包滿玉果然是歡喜月裡出生的快樂小孩，天不怕、地不怕的樂觀！

「鬼小孩不信鬼話？」曾芬芳又在說風涼話了。

「我同學還說，不相信的人會被詛咒，然後惡運連連唷！」艾明莉又開始神祕兮兮的壓低聲音說話；我覺得，她這音調才像是地獄的聲音哩！

「那好！明天禮拜六，妳們都來我家，我們一起打電話去地獄。如何？」包滿玉還是不信邪。

「我才不要呢！」想不到，曾芬芳也不敢。

「對呀！我也不要！我可不想改名『嚇兮兮』哩！」

「小心會被詛咒唷！」艾明莉活像催人魔的低啞聲音又來了。

「別怕啦！哪有什麼地獄聲音！我們人多勢眾，沒啥好怕！」包滿玉真勇敢，好想給她按一千個讚。

「那好吧！」大夥兒有些無可奈何的說。

第二天，大家平常去包滿玉家玩時都歡天喜地的，今天的步伐卻無比沉重。

「我的安親班同學說，地獄就在學校附近那個有溜滑梯、盪鞦韆的公園底下。」鄭美麗補充她的最新消息，我一點兒也不想聽；我最愛去那裡玩，這下子成了地獄之門，還得了！

大家都到齊了，我們擠在包滿玉的房間裡，準備打電話去地獄。

包滿玉勇敢的拿起電話按下「零」那個鍵：「一、二、三……七、八、九、十！」電話裡傳來嘟嘟聲響，每一個嘟聲都像是一個世紀那麼久，我的心臟幾乎快從嘴巴裡跳出來了。

忽然，電話終於通了，一個阿姨的聲音傳出來：「您撥的電話是空號，請查明後再撥，謝謝！」

給小朋友的貼心話

小朋友，生活周遭總會出現一些流言或謠言，我們聽到後可別馬上信以為真，或是人云亦云的跟著散布假消息；一定要跟爸媽討論，並要有「大膽假設、小心求證」的態度，作一個明察秋毫的聰明人！

天龍失蹤記

十月十七日（三）天氣：

「訓導處報告！訓導處報告！二年二班薛天龍同學，請儘快跟你的爸爸媽媽聯絡！」

昨天上魔術社團時，平均每五分鐘就出現這則廣播，吵得我無法專心上課。薛天龍跑去哪裡了？真奇怪！

放學時，我看到天龍媽媽哭紅著眼，天龍爸爸愁眉苦臉的牽著她，慌慌張張的走出校門，卻沒看到薛天龍的人影，真不知道發生什麼可怕的大事。

「昨天社團活動那節課，訓導處一直廣播找你，你知道嗎？」今天早上，「失蹤」的天龍卻好端端的坐在隔壁座位，我迫不及待的想問個清楚。

「我昨天在外操場踢足球，哪會聽到？」

「訓導處為什麼要你跟你爸媽聯絡？」

「昨天早上媽媽說，爺爺有事不能接我放學，要我下課後不要上社團，打電話請他們來接我。」薛天龍平常都是由爺爺接下課；他們住同一個社區，一家人在爺爺奶奶家吃飽飯才回去。

「既然大人都交代了，你放學怎麼不打電話給他們？」

「哎喲！足球社一星期才一次，不上很可惜耶！」

「那你爸媽知道你想上足球課嗎？」

「不知道……而且，我想我長大了，可以自己走路回家，順便給他們一個驚喜！」

「這下可好，你準備的驚喜，變成他們的驚嚇了啦！你都不知道，你爸媽傷心難過的走出校門的樣子，看起來好像世界末日到了，我現在想起來還是很不忍心呢！」

「我哪知道會變這樣。」他雙手一攤，滿臉無奈。

「咦？你真的自己走路回家嗎？」

「我和曾正壯上完足球課後，正壯媽媽知道我要自己走路回家，便約我搭她的車回去。」薛天龍和曾正壯家住同一個社區，常到彼此家玩；「後來，想想爺爺奶奶不在家，家裡也沒人，就在曾正壯家玩了起來。」

「那你怎麼沒跟你爸媽說？」

「正壯媽媽有幫我打電話，但我爸媽沒接電話。我們兩個玩著玩著，就忘了打電話這件事了。」

「什麼？你會不會太誇張

了！一年級開學不久，艾明莉沒跟家人說一聲就跟曾芬芳回家玩；老師那時已經告誡過我們，凡事都要跟爸媽報告，不能自作主張。你都二年級了，還是這麼幼稚，真糟糕耶！」我忍不住發了脾氣的指責他。

「後來呢？大人怎麼找到你的？」我又問。

「我爸媽請導師協助找人，老師挨家挨戶打電話，就在曾正壯家找到我啦！」

「所以，你爸媽哭哭啼啼的找你，你卻在同學家玩得開開心心？很瞎耶！」我想到他爸媽的樣子，真的覺得天龍很可惡；還好，他平安回家了。

不過，天龍好像根本沒反省，扮了個鬼臉，就一溜煙的跑出教室了。

給小朋友的貼心話

小朋友，你的年紀還小，很多事還在學習當中；想要表現長大的方式有很多，比方說，幫忙倒垃圾、做家事、照顧弟妹等。至於沒跟爸媽商量、自作主張的行為，非常不可取，只會讓爸媽著急、師長緊張；萬一發生任何不測，將是一輩子無法補救的遺憾，一定要避免呵！

我會做家事！

十月三十一日（三）　天氣：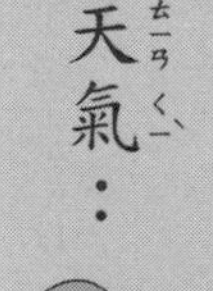

這個學期開始，我「正式」幫忙做家事了。

其實，我大約兩歲多就開始幫著媽媽做家事了，從洗菜、洗碗、刷鍋子，到作焦糖布丁、餅乾、饅頭或我最愛的披薩等，樣樣都難不倒我！

那時候，我總是穿著瑪姬阿姨從泰國買回來的、兒童專屬的藍綠色小圍裙，搬了個小板凳，站在流理臺前幫忙洗菜。

「哇！我從來沒見過這麼棒的小孩！」

「鍋子刷得亮晶晶，比媽媽洗得還乾淨呢！」

「今天的高麗菜真是好吃到爆！」

「妳作的布丁入口即化，太好吃了！」

「妳揉的饅頭特別香甜。」

爸媽毫不吝嗇的讚美；聽到他們的肯定，我就會越幫越起勁。

尤其在週末早晨，我最喜歡黏著媽媽，在廚房忙進忙出，當個稱職的小廚師，幫忙打蛋、洗蔬果；然後再假裝成餐廳老板，布置餐桌、拿餐具、問候VIP（我爸爸）。

「歡迎光臨！來份招牌的特製早餐嗎？」

「那當然嘍！謝謝老闆！」

「請慢用。」

「哇！好讚！」

我喜歡看爸爸用超級驚喜的表情，看著我為他準備的擺飾；當我端上豐盛的早餐和香濃咖啡後，也啟動一家人愉快的假期。

週末晚餐，我幫忙媽媽一起作咖哩蛋包飯，我負責打蛋、裝飯和餐盤裝飾；看著白米飯上鋪著一片像布丁般柔嫩的滑蛋，我再淋上香濃順喉的咖哩醬汁，與幾朵綠色花椰菜，這色香味俱全的美食讓我興奮得不得了！做飯不但有趣又可以學習，充滿成就感，比家家酒好玩幾百倍呢！

現在，我正式被交代要折被子、倒垃圾、收拾所有碗筷和檢查用餐後的地板等工作。能幫忙做點家事，代表我長大了，已經能讓爸媽安心託付嘍！

我喜歡在起床後，將被子鋪得蓬蓬的，那樣的床鋪看起來很柔軟舒適；有時候也喜愛將它折疊整齊，讓床鋪看起來很乾淨清爽。無論我怎麼做，爸媽都很開心。

今天，兩歲半的小堂弟安

安來家裡玩，看到我在洗番茄也搶著洗；我幫他穿上瑪姬阿姨送的綠色小圍裙，自己也穿上大一號的藍色獅子圍裙，輕聲的指導他一起清洗，兩人邊玩邊洗，好不開心。

晚上，我要去倒垃圾時，安安又要跟著來。我拎著垃圾，耐心指導他作分類，晚安阿姨和管理員伯伯一直稱讚我們。我很驕傲自己能成為弟弟的模範！

我深深覺得，做家事是非常有成就感的事，能分擔家務就代表自己長大了、能被託付重任；獲得家人的肯定，讓我覺得好開心！

給小朋友的貼心話

小朋友，你有沒有幫忙做家事，或協助照顧弟弟妹妹呢？爸爸媽媽要工作賺錢、養育和照顧我們，還有多如牛毛的家務等著整理。身為家中一分子，即使無法為爸媽分憂解勞，至少能將自己的玩具、書本整理好；若能協助簡單的家務，不但代表自己長大了，還能在工作中獲得生活上的知識與能力，真是一舉數得。

我們一起蹺課了！

十一月七日（三） 天氣：

如果體育課都上呼拉圈、跳繩、跑步和躲避球，那就好了。

上體育課時，老師就像是拿著百寶袋的魔術師，對我們宣布這週要上課的內容；不知道他會變出可愛的兔子，還是恐怖的玩具蛇……真讓我又愛又恨。

今天上的就是挺恐怖的籃球課。那顆球比我的頭大兩倍，我根本就拍不動它；要投球的籃框，就算我用盡全力跳也摸不到。重重的紅色籃球在空中飛來飛去，如果被K到，我的頭恐怕會腫得跟豬頭一樣。

我實在想不透，為什麼大人會這麼喜歡看籃球賽？

不是我特別膽小，很多同學都對籃球充滿恐懼呢！

「好大顆的球呵！」艾明莉睜大眼睛、充滿驚奇。

「如果被籃球K到，會不會腦袋開花？」包滿玉兩眼往上吊，又吐出舌頭作鬼臉。

「籃框又小又高，除了林書豪，誰投得進去？」連體育課小公主鄭美麗都投反對票。

我本來就緊張得不得了，肚子痛的毛病又犯了；聽到同學的話，心情感到更加不安。

「害怕打籃球的同學，可以站在球場旁看球。」體育課的黃老師像是擁有神奇的透視能力，老早就看穿我們的心思。

同學們一哄而散，居然有一半以上都遠離現場；連班長游詠晴、模範生曾正壯、還有最愛玩球的郝冶倫、薛天龍等一大票男生，也跟著我們站到球場旁邊。

球場旁有一座全新的兒童遊樂器材區，光溜滑梯就有三款不同的造型，還有小小的祕密基地；它鮮艷的色彩，每

節下課都吸引各年級小朋友聚集，排隊等待探索這個新世界。

於是，大家默默的往那邊移動；不知不覺中，有幾位同學已經爬上去玩了。我還記得老師的叮嚀，只敢站在器材旁和艾明莉聊天；不像包滿玉、鄭美麗、游詠晴和那一大票男生敢上去玩耍。我們就這樣過了愉快的一節課。

沒想到，下課後回到教室，曾芬芳居然跟導師打小報告：「老師，剛剛上

體育課時，很多同學都不打球，還跑到遊樂器材區去玩呵！」

「沒有待在籃球場上的同學，這一整個星期的下課時間，屁股都要黏在椅子上，不可以出去玩！」很少看老師這麼生氣。

「可是，我又沒爬上去玩，也要受罰嗎？」艾明莉很勇敢的舉手跟老師說。

「對！只要沒好好打球或是在旁邊看球的人，就等於蹺課，那是非常嚴重的事情！」雖然不是她的課，為了給我們正確的觀念，她還是作出最嚴厲的處罰。

我們最愛在操場跑來跑去；現在不但不能出去，還得屁股黏在椅子上，簡直和犯人坐牢一樣淒慘，而且還要處罰一星期！原本開心的一堂課，馬上就讓我們從天堂跌到地獄，我的心情也down到谷底……

唉！

給小朋友的貼心話

小朋友，學校裡的每個課程，都是由許多學者專家針對德智體群美五育，透過測試和分析所設計出來的，一定對大家的成長很有幫助。即使開始上某個課程時有些不習慣，也要認真上課、用心學習，絕對不能做別的事、甚至跑出去玩，否則就是蹺課的行為呵！

屁股黏在椅子上

十一月十二日（一）

天氣：

上週三的體育課，因我們沒好好待在籃球場上，被處罰「屁股黏在椅子上」一星期，今天是第三天了。

當天跟媽媽「告解」，說我們一星期不能下課時，心情七上八下的，好怕被「二度傷害」——被她再念一次或要接受家法處分：三天不能看電視。

「那真糟糕，妳一定很難過吧！」媽媽居然安慰我，還幫我出主意，「不然，妳帶著撲克牌去，利用下課時間變魔術給同學看好了。」

我這學期社團選擇魔術社，每週都能學到有趣的撲克牌魔術；我的表演常讓同學驚奇連連，覺得很有成就感。在這麼「四面楚歌」的時刻裡，能被媽媽諒解的感覺真好！真是阿彌陀佛，菩薩保佑！

「不但不能下課，還得屁股黏在椅子上呢！」我趕緊把處罰說清楚，「不過，老師允許大家去倒水、丟垃圾或上廁所等必要的事情。」

「一星期不能下課已經很嚴重了，為什麼屁股還要黏在椅子上？小朋友在成長，非常需要活動呀！」想不到媽媽比我更生氣，「我來寫聯絡簿跟老師反映一下，好不好？」

「不用、不用！」我超緊張的，「老師說，我們在教室或操場上玩都可以，只要屁股黏在椅子上就好；而且，被處罰的人很多，大家一定會想出好玩的遊戲啦！」

「那好吧！」媽媽總是很尊重我的決定，而我也常會參考她的建議。

被處罰的第一天可好玩了。班長游詠晴帶頭，拉著黏上屁股的「椅子車」，在教室裡「走來走去」；艾明莉從第六排、鄭美麗從第四排拉著椅子，到我和包滿玉的第二排這邊聊天，椅腳在地板上滑出刺耳的聲音。郝冶倫和薛天龍也不甘示弱，跟著拉椅子車，有時候還學臺語歌王阿吉仔，哼上兩句閩南語歌曲，逗得大家哈哈大笑，連老師也忍不住邊改作業邊偷笑。

我們小蘿蔔頭坐在椅子上移動，像是一顆顆會走路的大西瓜；不但沒受罰的同學不想去操場玩，連隔壁班同學都趴在走廊邊的窗檯，伸長脖子來看熱鬧呢！

由於很期待第二天的遊戲，我比平常更早到學校。我很快就抄好聯絡簿，正好特教班的何畢炎準備到班上上數學課，老師就要我和包滿玉陪他去操場玩。

「老師，她們兩個這星期不能下課耶！」喜歡扮演「正義之士」的曾芬芳提醒老師。

「她們是出任務，作正當的事情，不是出去玩！」還是老師明理。

托何畢炎的福氣，我們在早自習前能在兒童遊樂器材區玩，真是莫大的榮譽，果然是早起的鳥兒有蟲吃啊！

今早的兒童朝會後，老師宣布：「由於大家的表現都很好，今天起解除不能下課的處罰。」

「耶！老師萬歲！」教室裡一陣歡聲雷動，又可以開始玩「正常的」下課遊戲了。老師我愛您！

給小朋友的貼心話

小朋友，你知道嗎？父母或老師並不喜歡處罰小朋友，那是為了讓你能反省錯誤、避免再犯的不得已選擇。當你被處罰時，也不需要太難過，只要用心反省、知錯能改，有時候可能獲得減量處分呵！相信你一定作得到。

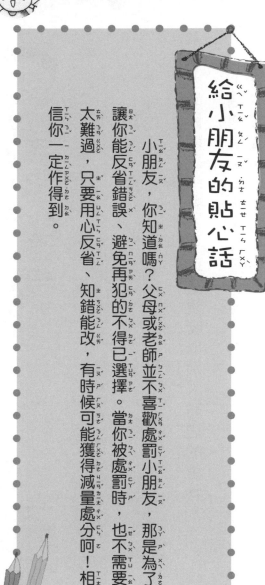

無功不受祿

十一月二十日（二）

天氣：

老師總是不斷的教育我們「無功不受祿」，也就是說：沒有給別人重大的協助，絕對不可以隨便收取別人贈送的禮物。

上個週末，我陪爸爸去超商繳費，巧遇住在附近的郝治倫和高孝丰；看到他們兩個正在仔細研究玩具，我也忍不住跑過去看。

「嘿！笑嘻嘻，我跟妳說，郝治倫身上有五百元呵！」高孝丰靠近我的耳朵說，帶著詭異的笑容。

他那大嗓門的音量，連在櫃檯結帳的爸爸都聽得到；站在旁邊的郝治倫立刻從口袋裡掏出淡紫色的五百元大鈔，在我面前晃動著。

「哇！你好有錢呵！」我帶著羨慕的眼光，張大眼睛看著這張陌生的鈔票。

「是呀！這是我這次考試數學科滿分的獎學金！」郝治倫帶著驕傲的語氣說。

郝治倫的外型、為人、學校成績、家世背景，和卡通〈櫻桃小丸子〉裡的花輪相似度百分之九十九；雖然不像花輪家還請一位管家，但他爸媽總是滿足他許多要求。才一科一百分就有五百元獎學金，足足多我五倍，真是天差地遠！

「郝治倫你看，這組金剛戰士一百五十元，比我家那組小一些，但便宜很多，我可以挑選這個嗎？」高孝丰開心的說。

「咦？你要買玩具，為什麼要問他？」

「我們是有福同享的好麻吉嘛！雖然我沒有一科考滿分，但我有考一百分、賺獎學金的郝同學呀！哈哈哈……」

「可是，老師曾教我們『無功不受祿』，不可以隨便接受別人的禮物耶！」我馬上想起這句話。

「是他自己說要送我，又不是我跟他要的！況且，郝治倫又不是『別人』，他是我最好的鄰居、同學，還是最最要好的超級好朋友呢！」

「是呀！是我自己答應的，因為我們是同甘共苦的好兄弟啦！」郝治倫拍拍高孝丰的肩膀，回頭對我說：「笑嘻嘻，妳要不要也挑選一份禮物？」

哇！一份天上掉下來的禮物，誰會不想要呢？但我心想，收這樣的禮物不

就是「無功受祿」了？老師的話言猶在耳，我很快的恢復理智，對他說：「謝謝你的好意，我覺得你還是把錢存好吧！」「該回家嘍！」聽到爸爸叫我，我們就牽著手回去了。

不知為什麼，郝治倫送高孝丰禮物的事被老師知道了。於是，老師在生活課裡重申「無功不受祿」這件事的道理，還要高孝丰把錢還給郝治倫。

還好，我當時沒有答應收郝治倫的禮物；不然，我「笑嘻嘻」就要改名為「慘兮兮」嘍！

給小朋友的貼心話

小朋友，故事裡的高孝丰，家裡已經有一組大金剛戰士了，卻還想不勞而獲的拿到另一組，不料卻弄巧成拙。當你看到喜歡的物品時，是不是能先想想：「是需要？還是想要？」如果是需要的東西，可以請爸媽準備；若只是想要的，就得自己慢慢存錢買，絕對不可以隨便收受別人的禮物呵！

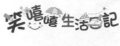

有口難言

十一月二十八日（三） 天氣：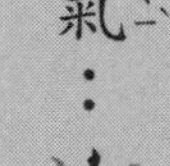

大家都很期待每週二的全天課，不但可以在學校玩比較久，還有營養午餐可以吃；和同學共進午餐，感覺食物特別好吃。

今天的午休時間，我們還要進行「有口難言」活動，就是只能動手不能動口，讓大家體會無法說話的生活，讓我非常好奇。

午休鈴響後，活動正式開始。老師指揮第一排座位的同學井然有序走出教室洗手，我們幾位「打菜小天使」自動戴起口罩，站在打菜檯旁準備為同學服務。

大家陸續洗好手後，取出餐盒到打菜檯前排隊。

「裝飯菜時不可以講話；每種菜有不同的營養素，每樣都要吃才會吸收均衡的營養。若想吃多一點的就舉大拇哥，想少裝一點的舉小妞妞，打菜小天使才知道要如何幫你打菜。」雖然老師每次都會提醒大家，可是今天所有人都不可以出聲音，連老師也不能說話，只能用手比劃。

看著同學在我面前一會兒伸出拇指，一會兒又搖搖頭，改伸出小指，還有的同學五個指頭都伸出來，我也不能說話，只得瞪大眼睛，想要知道到底怎樣才對，隊伍就變得有點混亂。

平常最調皮搗蛋的高孝丰，趁著大家不能說話，在排隊打菜時故意扮鬼臉想逗同學笑；老師發現後，一言不發的在黑板上寫：「故意搗蛋的同學，要記警告一次！」老師也遵守約定，不能說話指正，真是太酷了。

但是，我發現，不能用言語好好表達自己的想法，實在很難受；這讓我想到社區五樓的鄰居帥小弟。

帥小弟的爸爸行動不方便，他那溫柔甜美的媽媽是越南來的新住民。小我一歲的帥小弟，長得眉清目秀、唇紅齒白，是鄰居小孩中長得最可愛的一位，鄰居都會忍不住想要摸摸他的小臉。

在我念幼稚園時，社區裡的小朋友玩在一起的時候，帥小弟總是坐在娃娃車裡靜靜的看著我們；有時候邀他一起玩，他也只會微笑，

好像聽不懂我們的話，感覺怪怪的。

後來，我跟媽媽在社區大廳遇到他時，看見他耳朵戴著助聽器、鼻梁上掛著深度眼鏡，活潑的邊走邊笑。

「弟弟，快跟阿姨打招呼！」帥小弟的媽媽說。

「ㄨ—ㄧ—ㄛ！」帥小弟蹦蹦跳跳的笑得很燦爛，嘴裡卻發出奇怪的聲音。

「你好！你好！」媽媽微笑以對。

從大人的對話中知道，帥小弟是重度的聽力障礙者，阿姨每天都得送他到一個多小時車程的啟聰學校念書。他必需配戴助聽器幫助他聽到聲音，但助聽器常因接觸不良或音頻不對，影響他對聲音接收的準確度。

由於聽不清楚，就會影響到發音的準確度，像是「阿姨好」就會說成「ㄨ—ㄧ—ㄛ」。我看得出來，帥小弟的視力及聽力重度受損，影響他的學習速度，令人很為他擔心。

一點半時，午休鈴聲再度響起，午休時間結束，有口難言的體會活動也結束了。很慶幸自己有健全的身體，能快樂學習、開心成長；也祝福帥小弟能跟我們一樣，平安健康的長大。

給小朋友的貼心話

小朋友，你是不是也遇過像帥小弟這樣的大朋友或小朋友呢？無論是看不到的視障、聽不到的聽障、或有口難言的瘖啞人士，在生活上難免有些不方便；我們除了慶幸自己的健全外，如果巧遇他們，一定要儘量給他們協助呵！

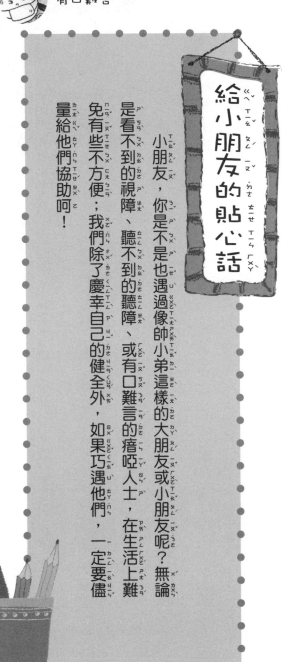

遵守約定

十二月三日（一） 天氣：

上次去包滿玉家玩電腦，她幫我註冊加入「奎爾莊園」後，我就開始玩線上遊戲。

在那個網路世界裡，大家都不使用本名；我和同學交換在莊園裡的名字，分享遊戲裡的房間布置、養寵物、換金幣的樂趣，偶爾在莊園裡巧遇，感到十分新鮮有趣。

「笑嘻嘻，妳到底有沒有在玩『奎爾莊園』？」有一天下課時，包滿玉問我。

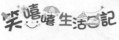

「有啊！不過，我玩電腦或平板電腦的時間，一天只有半小時，所以很少玩。」

「難怪我很少在莊園裡遇到妳！」包滿玉突然想到了好主意，「我們約個時間一起上線玩，好不好？」

「好呀！」我也興高采烈的說。

「嗯！那就約禮拜五晚上九點吧！第二天放假，可以好好玩。」

「OK！」

結果，我那次並沒有上線。今天一整天，包滿玉都不想搭理我；

「嘿！包滿玉，別生氣嘛！」我邊裝可愛邊跟她說。

「哼！妳食言而肥，說話不算話！」她氣呼呼的說。

「哎喲！星期五晚上叔叔嬸嬸帶著弟弟、妹妹來家裡玩，我要陪他們呀！」

「那妳也要打個電話跟我說啊！害我在電腦前痴痴的等，連洗澡都不敢去！」

「我只是想，妳應該會遇到其他人作伴嘛！所以就覺得沒關係……」我越說聲音越小。

「什麼叫沒關係？我爸爸說，守信用是非常重要的事！我再也不要理妳了！」包滿玉超級生氣！看她漲紅了臉，我嚇得呆若木雞；雖然心裡有千萬個對不起，卻一句話也說不出來；班上的幾個好朋友也圍了過來。

「我爸爸說，他小時候曾經被同學放過鴿子；所以，他一直告訴我，要我作一個遵守信用的人。」包滿玉繼續說。

原來，包滿玉的爸爸在小學時因為搬家轉學；他瘦小又不起眼，剛到學校時一直交不到好朋友。

那時，班上的體育股長很會打籃球，他有個雙胞胎弟弟；他們兄弟在體育課時，發現包爸爸也滿會打球，

就約他週末到學校打球。

包滿玉奶奶很開心兒子結交了新朋友，要包爸爸帶著巧克力夾心餅乾，給大家當點心吃。

可是，雙胞胎兄弟卻一直沒出現，包爸爸也不知道他們住哪裡；球場上只有一顆籃球和別人打球的歡笑聲，陪著包爸爸等。直到夕陽西下，他才抱著球，傷心又失望的回家。

等到上學一問，雙胞胎兄弟居然毫不在意的說：「我們只是隨便說說，你還當真呵？我們跑去附近的公園玩，沒去學校啦！」

「因此，我爸爸立志做一個守信用的人。」包滿玉好像帶著淚水。

「對不起、對不起、真的非常、非常對不起！請妳原諒我好嗎？」

我聽到那雙胞胎兄弟的故事，就知道自己應該要先打電話才對。

「好啦！大家都是好朋友，妳就原諒笑嘻嘻嘛！」還好鄭美麗出來幫我解圍。

「下不為例呵！」包滿玉終於笑了。

給小朋友的貼心話

小朋友，你是否也曾經因朋友失約而感到生氣？不守約定，那真是件令人不開心的事；如果你不能做到與朋友的約定，請想想別人的心情，記得提早告訴對方。要做個守信的人，才能讓別人信任你呵！

跟她玩要掛號？

十二月十四日（五）

天氣：

鄭美麗一直是班上最受歡迎的女生；她功課好、反應快、會跳舞、會畫畫，身體超柔軟又會劈腿，不但被選為副班長，還是我們班的市模範生代表，是我心目中十項全能的才女。

最近，鄭美麗又發明了「甜蜜家庭」遊戲。雖然她是班上個子最嬌小的女生，但大家一致推舉她扮演媽媽的角色；我是忙碌的大姊、艾明莉是二姊、包滿玉當三姊、長得最高大的曾芬芳則是小妹；最後，請李英俊來扮演爸爸。

李英俊自從在學校運動會那天陪女生玩「寵物狗」遊戲後，就常和我們女生玩在一起；他這回扮演的爸爸，假裝忙著出門上班，回來還要陪我們玩。

為了爭取李英俊爸爸的喜愛，我們常把他拉過來、扯過去，甚至假裝成小馬騎；無論我們怎麼要求，他都全力配合，使他成為最受歡迎的男生。

前幾天下課時，艾明莉拉著鄭美麗右手說：「妳答應要教我劈腿，到底什麼時候啦？」

「不可以玩劈腿！鄭美麗答應我，這節下課要陪我跳騎馬舞耶！」包滿玉趕緊過來拉著她的左手。

小妹曾芬芳也湊過來，在一旁學嬰兒裝可愛：「馬麻馬麻，BABY肚肚餓餓。」她一邊學、一邊往鄭美麗身上擠過去。

這時，鄭美麗突然板起臉，用力甩開大家拉著她的手，生氣的說：「吵死了啦！」然後左手插著腰、伸出右手食指，像一只燒開的滾燙茶壺般，先指著自己的鼻頭說：「以後跟我玩的人，都要跟他掛號！」然後將手指向李英俊。

沒料到甜姊兒般的鄭美麗會這麼生氣，同學們一哄而散，改去玩別的遊戲。被指名的李英俊則湊過去安慰她，兩個人一起設計遊戲表和掛號單，一直到放學前都還在討論。

隔天下課，鄭美麗和李英俊等著同學前來掛號。游詠晴說：「想跟她玩，好像真的要掛號耶！」

「不就是玩而已，她怎麼那麼愛生氣？」

「吼！她變驕傲了啦！」

「怎麼辦？真的要去掛號嗎？」

大家對鄭美麗的行為很不解，在一旁議論紛紛。

「算了啦！我們去玩別的

好了。」包滿玉很有智慧的說。

「玩溜滑梯、吊單槓，或是玩紅綠燈好了。」我提議。

「好呀！好呀！」大家紛紛贊成。

這兩天下課，大家都在操場打球、追逐和遊戲，玩得超開心。一直都等不到人來掛號的李英俊說：「都沒人來掛號，真無聊耶！」等了一整天後，他就加入我們的遊戲行列，獨留鄭美麗一人待在教室裡。

今天，鄭美麗主動來到操場，走向我們。「對不起啦，我那天不應該隨便生氣，還亂說話。」她終於打破沉默，對我們說，「我可以跟你們一起玩嗎？」

「好啊！好啊！」大家都開心的拉著她。

光。

「跟我們玩不用掛號呵！」我調皮的回答，大家又重拾快樂時

給小朋友的貼心話

小朋友，你希望自己是位受歡迎的人嗎？當個受歡迎的人，可能要比別人更有耐性。如果大家同時想跟你玩，該怎麼辦呢？生氣並不能解決問題，不妨換個想法，找個像是「紅綠燈」、「老鷹捉小雞」等可以很多人一起玩的遊戲，一定會更有趣呵！

來不及了啦！

一月六日（五） 天氣：

我們小朋友就是這樣，只要遇到好玩或有興趣的事情，其他的事都可以等一下。「等一下」是我常掛在嘴邊的一句話；可是，有時候多等幾下，就來不及了……

「噹——噹——噹——」下課嘍！

第一節下課，包滿玉約我一起出去玩我們女生最近發明的「女超人遊戲」。上課鈴響，跑回教室時，我有一點點想上廁所的感覺；不過，還好只是一點點，上課時就忘記了。

第二節下課，我想先到圖書室背唐詩、集點換禮物，再去上廁所；沒想到，今天居然來了這麼多位背唐詩的人！平常都只有小貓兩三隻而已，怎麼大家今天都這個時候來呢？唉！要不是包滿玉像蝸牛一樣慢吞吞，就不會為了等她而這麼晚到圖書室了。

我心裡默念著陳子昂的《登幽州臺歌》——我幼稚園大班就學過，背完之後集點數，就能換到我心儀很久的粉紅色HELLO KITTY自動筆。雖然人很多，我心想這次非背完不可。

前面高年級的哥哥、姊姊背的唐詩都又長又久，等輪到我背好唐詩、換了自動鉛筆，上課鈴聲又已響起，我沒有時間可以上廁所了。不過，安啦！我的憋尿功夫一流，每次玩得起勁時都可以忍好幾個小時呢！

第三節一下課，我立刻衝去廁所排隊。沒多久，包滿玉和艾明莉兩人經過：「別排了！我們快去摘桑葚，晚到就會被吃光了。」包滿玉一邊說、一邊拉起我的手。

我回答：「可是我真的想上……」艾明莉接著說：「李英俊他們上一堂下課就去吃個滿嘴紫紅，還說超甜呢！」。

我拗不過她們，一起來到了桑葚樹下，看到班上好幾位同學，手上已經握了滿滿的果實；鮮紫色透著紅色光澤，吃在嘴裡微酸鮮甜，現採現吃的感覺超讚！

「各位同學，我們現在發月考考卷。這次有同學進步很多唷！」上課後，老師開始發回考卷，她笑著說：「進步最多的同學，老師最後再發。」這時，我驚覺自己尿急，真糟糕！

隔壁的包滿玉看我漲紅著臉，關心的問：「笑嘻嘻，妳怎麼了？」

「我快要尿出來了！」我直冒冷汗的回答著。

「趕快跟老師講！」包滿玉提醒我。

「我……不敢啦……」我發

現自己連呼吸都有點困難了。

「那我幫妳跟老師說。」不等我阻止她就舉手說：「老師，吳小喜要上廁所！」

「嗯！快去快回吧！」老師輕輕皺了眉頭。

「謝謝老師！」我飛快的衝出去。

我來到離教室最近的廁所，才知道今天廁所下午施工。我覺得自己快要忍耐不住了，不知是該跑步還是應該扶著牆壁走。等我來到半個校區遠的廁所時，我發現——來不及了啦……

我已經忘了自己怎麼走回教室，老遠就聽到老師眉開眼笑的說：「這次有同學進步很多，我覺得要好好鼓勵她！」我帶著羞赧的表情走進教室，老師回頭看著我說：「這次進步最多的就是吳小喜同學，我們為她的努力鼓鼓掌！」

我一臉尷尬的站在門口，忘記自己到底是怎麼站著，只記得我很小聲、很小聲的跟老師說：「老師，我來不及了啦！」

給小朋友的貼心話

小朋友，人體會因為食物或水分消化吸收過後產生不需要的廢棄物，上廁所就是將這些不需要的東西排出身體；如果這些廢棄物在身體裡待太久，很容易引起疾病。所以，當身體提醒我們該去上廁所時，即使遊戲再好玩，也應該立刻去上廁所呵！

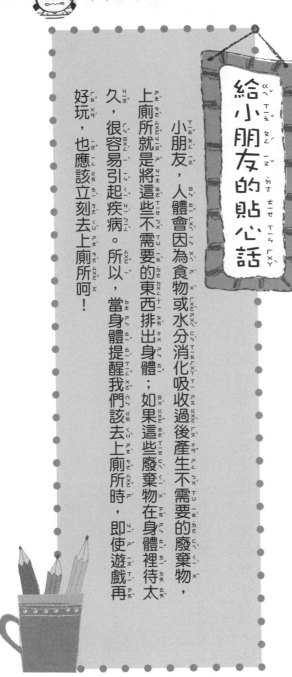

杯子蛋糕

二月十七日（五）
天氣：

班上同學生日時，壽星的爸媽大都會準備點心和我們一起慶生；有的人帶來小餅乾、養樂多、水果軟糖等；或者幾大盒的熱披薩，或是每人一小盒迷你版甜甜圈……不管是哪一種，大家總是吃得津津有味。

我也好希望能和班上同學一起分享生日的喜悅，便央求媽媽幫我準備點心。媽媽卻說：「妳的生日是『母難日』耶！應該謝謝我把妳平安健康的生出來，哪有要幫妳準備點心的道理？除非妳自己準備嘍！」

可是，我真的好想在學校和同學一起慶生；那種看著大家熱鬧開心的感覺真的很棒！

怎麼辦呢？對了！寒假時，我記得在媽媽的食譜書看過製作「杯子蛋糕」的方法……嗯，就做這個吧！

我請媽媽陪我去買食材、教我照著書裡的介紹自己動手做。我將材料分別秤出需要的重量，仔細攪拌成麵糊後倒進模型、放入烤箱；十幾分鐘後，充滿著幸福的甜蜜香味，就瀰漫了家裡的每個角落。

經過幾次實驗後，我終於調配出喜歡的味道，烤出專屬的生日點心。趁著今天下學期開學的好日子，我把蛋糕分裝到精心挑選的包裝袋，帶去請同學吃。

從開學典禮、發課本、作業本……開學日的事情還真多呢！一直等到最後一節課，老師才幫我拿出來分享。

「嗯！蛋糕好香呵！」

「小紙杯上不但有彩色、淡淡的愛心圖型，還寫滿了HAPPY BIRTHDAY字樣呢！」

「哇！透明的包裝袋好漂亮唷！」

「對呀！有綠色幸運草和粉紅色小

熊兩種圖案，我都好喜歡，要選哪一個啊？」

「笑嘻嘻，妳還綁了小小蝴蝶結，真可愛呢！」

「笑嘻嘻，妳好厲害！」

「謝謝！謝謝！」我開心極了，辛苦果然沒有白費。

超級麻吉包滿玉突然吐出一句：「哎喲！人家捨不得吃啦！怎麼辦？」大家都笑壞了。

「這蛋糕又沒有加葡萄乾，真難吃！」高孝丰皺著眉頭說。

「也沒有加巧克力或漂亮的慕斯，不但難吃還不好看呢！」薛天龍也來加油添醋了。

「就是說呀！」郝治倫也跟著搭腔。我聽到他們這樣說，心裡開始生氣，感覺自己彷彿從天堂掉入地獄。

「你們很沒禮貌耶！」包滿玉幫我出氣，「不喜歡就送給我！」

「我媽說，就算真的不喜歡，也應該委婉的說：『我吃不下』，不可以當面讓主人難堪。」游詠晴果然是我們班的模範班長。

嗯，想想也是，我也不是什麼蛋糕都喜歡，其實也不能怪他們啦，每個人的喜好本來就不同嘛！於是我說：「謝謝你們的建議，下回我研究好其他口味，再來分享吧！」

給小朋友的貼心話

小朋友，當別人好意送點心或禮物給你，你卻不是很喜歡時，你要如何回應呢？換個角度想想，如果你是那位好意的主人，你希望得到什麼樣的反應呢？仔細思考，再和爸媽討論，一定可以找到兩全其美的方式呵！

晚上開轟趴

二月二十六日（日）

天氣：

從來不知道，在夜晚的林森公園裡開轟趴是那麼有趣的事。

在阿公的安排下，這個週末假期，我們到埔里知名的石雕藝術公園玩，並在那裡住了一晚。

這個園區像是座小型的森林公園；碎石路兩旁擺放著石雕，每座都很有特色，有人物、野獸和昆蟲等不同造型。園區的一大片樹林裡還有住宿用的小木屋；斜斜的屋頂加上木頭欄杆，就像是我在許多繪本裡曾經看過的場景。

我們跟叔叔一家在園區裡用晚餐；餐廳離入口處很近，卻離住宿的小木屋區有一段距離。

「吃飽飯散步一下，幫助消化呵！」阿公帶大家繞著園區偏僻的小徑，走回小木屋區。

這時候的氣溫涼爽舒適，很適合散步。爸爸指給我們看，這裡有美麗的偽裝大師蛾類，明明停在你面前，卻又不容易找到牠，好像在和我們玩捉迷藏，非常有趣。

但是，有趣歸有趣，我和堂弟安安欣賞了一會兒，轉頭看到四周一片漆黑，還聽到好多奇怪的聲音，不知道會不會有……哇！我們手牽著手，趕緊黏到爸媽身邊。

「爸爸，這裡好暗呵！再加上有『古嘎、古嘎』的怪聲音，好恐怖！」

「天黑了本來就會暗暗的啊！仔細聽那些聲音，是夜晚才會出現的蛙聲、蟲鳴、鳥叫；妳最喜歡的大眼貓頭鷹，就是夜行性鳥類呢！」我仔細聆聽一下，稍微去除內心的緊張。爸爸接著說：「像是新加坡還有其他國家，都設有夜間動物園，可以讓小朋友去看看晚上才會出沒的動物。」

「夜間動物園？聽起來很特別耶！」

我幾乎不曾在晚上到公園玩，頂多是跟著爸媽看兒童劇或聽音樂會；不過，那時的公園燈火通明，到處可以聽到說話與音樂的聲音。

在這裡，卻覺得自己像是迷失在黑暗森林裡的小動物……

「喂——」叔叔的手機響起悅耳的鈴聲，劃破我內心的緊張氣氛。「真的！好，我們找個好地方等你們。待會兒見！」

原來，住在附近的叔公一家人要送點心來找我們聚聚，太棒了！我們在油桐樹下找到可以歇腳的石桌、石椅，大人們擺上水果、零食、飲料，準備進行野餐。

我和安安在旁邊的遊樂器材區玩，一會兒盪鞦韆、一會兒跟阿公阿媽搭圓型搖籃；調皮的叔叔將搖籃擺盪得很高很高，我和安安又驚又喜、又叫又笑，玩得好開心！

休息時間，叔叔架起隨身的無線音響，大人們看我們小朋友唱歌、跳舞和耍寶，被我們逗得樂不可支，一直鼓掌叫好。

隨著夜深，我們整理完東西就要回小木屋了。我忽然覺得，夜晚

的森林好像不怎麼恐怖了。原來，只要是與家人同在的地方，就有溫暖、有家的感覺；就算是黑夜，也不會感到恐懼。

給小朋友的貼心話

小朋友，剛到一個陌生環境，難免會緊張害怕；只要確認自己身處安全的環境，有爸媽或信任的親人陪伴，就儘量放輕鬆，仔細觀察四周，聆聽身旁的風吹草動，也許會有意外的驚喜唷！

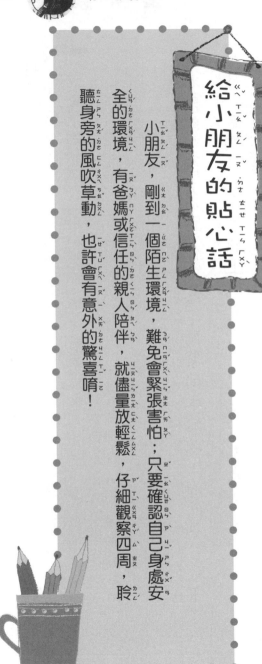

真英雄

三月一日（四） 天氣：

春雨綿綿的天空好像是忘了關緊的水龍頭，滴滴答答的下了一整個禮拜，我們只能在走廊上望著濕滑的操場，唉聲嘆氣。

還好，今天郝冶倫帶著集滿十六個榮譽章換來的飛盤，大家下課時就在二樓走廊上丟飛盤。剛開始，大家還小心翼翼的，飛盤偶爾飛下一樓，還冒著雨到花圃撿。玩著玩著，艾明莉一不小心，把飛盤扔向教室旁的金龜樹枝上。

「喔！」男生們起鬨著，艾明莉急哭了。我安慰她說：「沒關係，我們一起想辦法。」

「那麼，吳小喜，妳敢從二樓飛去樹上撿回來嗎？」郝治倫語帶不屑的說。

旁邊看熱鬧的同學們，一邊拍手、一邊大叫：「飛過去、飛過去……」艾明莉更緊張了，眼淚奪眶而出。

我看著停在金龜樹枝上的飛盤，彷彿伸個手就可以搆得到；我卻忍住生氣，小聲的說：「我不敢！」

郝治倫和看熱鬧的同學們，指著我和艾明莉咧嘴大笑：「膽小鬼！膽小鬼……」

正當我感到委屈時，訓導處生活教育組的賈英雄老師剛好經過。

問了我們事情經過後，他認真的說：「有勇氣向這種集體不理智瞎鬧說『不』的同學，才是聰明、有智慧的真英雄！」

郝治倫不服氣的說：「我的飛盤被丟到樹上了，還不敢去拿，怎麼會是英雄？」

賈老師笑著指指額頭上的疤痕說：「你們看，這就是為了當英雄的代價。」

戴著眼鏡、文質彬彬的賈老師，就是因為額頭的疤痕，老是被小朋友議論紛紛；有人說，他凶起來時，那個疤痕像是會變色一樣，好嚇人。

聽到老師要解開疤痕的祕密，大家都豎起耳朵聽。

老師說：「我小時候，常和同學相約去蓋房子的工地玩，樓房最後才會砌上牆。有一次，我們站在四面空空的二樓，看著樓下的一座黑色沙丘時，突然有人說：哎！『假英雄，你一定不敢從這裡跳下去吧？

「幾位同學不斷起鬨：『跳、跳、跳……跳下去你才

是真英雄啦！

「我很生氣的推了同學一把，怒氣沖天的說：『我當然是真英雄！跳就跳，怕什麼！』」

「老師，您真的跳了嗎？」大家都被老師的故事嚇一跳。

「我當時逞強，不顧一切就跳下去了。」賈老師嚴肅的說，「結果，我跌進沙堆後就暈了過去。同學們看我一動也不動的趴在沙堆上，嚇得一哄而散，跑回家躲起來，一個字也沒提。」

「老師，那後來呢？」

「等我知道自己趴在沙丘裡，都已經天黑了。」老師摸摸他的疤痕說，「醒來後才發現自己的頭撞到埋在沙堆裡的磚塊，後來還到醫院縫了好幾針，留下這個明顯的疤痕；幸運的是，這條小命還在。所以，我覺得吳小喜不因一時的衝動，而造成更大的遺憾，這才是有智慧的真英雄！」我聽到老師這麼說，當下覺得鬆了一口氣。

這時，一陣強風吹過，飛盤就從金龜樹枝上飄了下來；我和艾明莉作個鬼臉，一起下樓去撿飛盤。

給小朋友的貼心話

小朋友，我們在玩遊戲時，難免會有突發奇想的創意，讓遊戲更有趣；但要仔細想想，這樣的創意是否有危險性？如果有危險性時，一定要勇敢的拒絕它。這絕對不是膽小鬼的行為，而是智勇雙全的真英雄！

我受傷了

三月二日（五）

天氣：

冬天的雨，好不容易稍稍停了下來，終於可以在操場上體育課。

「今天的體育課，大家都表現得很好；最後五分鐘，讓你們玩遊樂器材！」

「耶！老師萬歲！」黃老師話都還沒說完，同學們便開心的一哄而散，大家爭先恐後的奔向那組鮮艷誘人的遊樂器材，我也努力衝向目標。

眼看只差一步就要抵達遊戲區了；突然間，我感覺到後面有股力量撞上來，自己彷彿被人推了一把，整個人就像「仆街」一樣重重的撲倒在地上，跌個狗吃屎。

我下巴感到強烈疼痛，整個腦袋一陣空白；然後，臉上覺得又麻又痛。我雙腳跪在地上，努力的抬起頭，緩緩用手捧著雙頰，嘴唇上有點鹹鹹的液體滑過，流向手心和下巴，再滴落衣褲。

我呆若木雞的看著眼前的鄭美麗緊皺眉頭、艾明莉雙手摀臉、包滿玉瞪大眼睛……大家都驚嚇得說不出話來；低頭才發現，原來自己早已滿手是血、衣服也是血跡斑斑。

那一刻，四周安靜無聲，時間和空氣彷彿都靜止；我自己也被這驚悚畫面嚇到忘記傷口疼痛，連哭泣都忘記了。

這時候，有一雙溫暖的手扶著我站起來，將我從迷幻中帶回現實。

「妳還好嗎？我先去跟老師說，再帶妳去保健室。」巴貞一邊扶起我來，一邊冷靜的對我說。

巴貞是剛來的轉學生，是位可愛的甜姊兒，但同學們都偷偷在背後笑她的名字，很像閩南語的「八珍」（就是「三八」的意思）。不

過，巴貞在上學第一天就很慎重的介紹她的名字，是爸爸為了紀念她奶奶撫養之恩，也象徵是她老人家送給巴貞的祝福。我沒跟她說過幾次話；想不到，在這麼緊急的狀況下，她居然率先伸出援手，令我好感動呵！

我忍著傷口又疼又麻的感覺，跟著她去找老師一起去保健室。

護士阿姨用食鹽水清洗我手上

和兩頰的擦傷，再仔細處理我鼻孔下方的傷口；她皺起眉頭，感覺好像很嚴重，口頭上卻安慰我：「吳小喜妳好勇敢，都沒哭耶！不過，我看妳的傷口很深，應該去大醫院作縫合手術才行。」

縫合！我倒抽一口氣，心中想到的是媽媽針線包裡的針要扎進我的臉，我急得快哭出來的說：「護士阿姨，我想看看我的傷口。」

阿姨要我走到一面鏡子前，我的手和腳都在發抖；看到那皮開肉綻的傷口，還微微滲出鮮血，我終於受不了的大哭：「我不要縫啦！我不要縫啦！嗚……」

昨天才被賈英雄老師稱讚，說我是智勇雙全的真英雄，想不到隔天就成了血流滿面的大「狗熊」。唉！

給小朋友的貼心話

小朋友，受傷是大家都不願意發生的事。如果發現同學受傷了，不要著急，記得要趕快通知師長處理，並且安慰受傷的同學或朋友；因為，他這時候又害怕、身體又疼痛，最需要朋友的關心與鼓勵。讓我們勇於伸出救助別人的溫暖雙手吧！

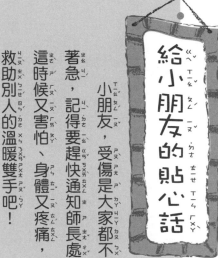

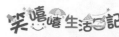

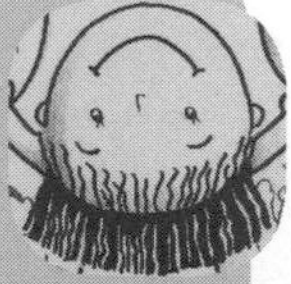

攝影棚教室

三月八日（四）

天氣：

自從受傷後，老天爺彷彿也為我難過，天天下著不小的雨勢，害我的心情更加低落；教室的天花板不知何時開始，偶爾也會滴落幾滴水，連室內也下起雨了！

「啊！老師，天花板的水滴到我的便當盒裡了啦！」首先發難的是包滿玉。

「我桌上的小杯子，已經集了半杯水。」鄭美麗也無可奈何的攤著雙手。

「早上收本子時，也被天花板的漏水滴到手呢！」我也無精打采的分享心得。

「連續幾天大雨，屋頂防水有問題，所以教室裡也下起小雨。請同學多忍耐點，老師來想想辦法。」老師一邊安撫大家，一邊要同學將滴到水的桌椅搬到旁邊去「躲雨」。

隔天，老師協調後讓我們到音樂教室上課，大家都開心極了。音樂教室是木質地板，進去時要先脫鞋；牆壁貼滿了各種樂器的圖片與說明，還可以看到鋼琴、打擊樂器以及一些弦樂器，整個教室看起來既明亮又乾淨，上起課來特別有精神。

「我超喜歡在音樂教室上課！」鄭美麗展開雙臂，像是跳起芭蕾舞似的轉一大圈。

「我好希望教室天天漏水，我們就可以在音樂教室上課。」艾明莉雙手抱胸、歪著頭，眼睛閃著光彩。

水電工伯伯趁我們在音樂教室上課時到教室修補天花板，漏水的地方似乎有點改善；所以，隔天我們又回到原來的教室上課。想不到，才過了兩堂課，還是漏水了。

「哎喲！」數學課上到一半，艾明莉突然大叫起來，「我頭上滴水了啦！真是倒楣！」

「唉！」我心裡想著，這樣一來，是不是可以再回到音樂教室上課？

轉過頭去看老師時，只見她放下粉筆和課本，不慌不忙的走到她的座位旁，撐開一支粉紅色HOLLEO KITTY傘，再打開一支印有閃電麥坤的鮮紅大傘，把兩支傘分別倒掛在天花板下的燈座和電風扇架上面。

「哇！」大家不約而同的發出讚歎聲，對老師的「神來

之傘」感到訝異，好像在我們面前表演魔術一樣。

白亮亮的長燈管下，露出了帶著點點粉紅色的彩光，教室裡彷彿出現兩顆溫暖的太陽；大家原本因滴水而低落的心情，好像被陽光蒸發了，心裡開始high起來。

這時候，郝治倫大聲說：「我們教室好像是打著燈光的攝影棚！」

大家都笑了。老師看著她的傑作，帶著笑容說：「對啊，這就是專門為了下雨天所布置的攝影棚教室，大家就是攝影棚裡的主角呵！」

下課時，隔壁班同學經過教室外走廊，發現我們的教室很特別，竟然帶著羨慕的眼神，趴在窗檯上說：「真希望我們班也滴水。」

給小朋友的貼心話

小朋友，你也喜歡「攝影棚教室」的奇妙感覺嗎？我們當然不希望遇到漏水這種麻煩事；但是，若遇到了，在還沒有解決前，除了抱怨外，如果能發揮想像力，就會發現：換個角度想事情，世界大不同呢！

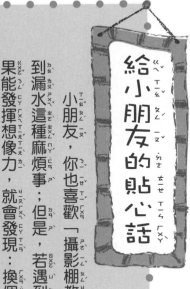

作業不見了！

三月二十二日（四）

天氣：

從幼稚園小班開始，我就堅持自己背書包；對於老師交代的事情，會一字不漏的回家稟報；幼稚園畢業典禮時，我還因此獲頒「機警獎」呢！

上小學後，我會自己準備文具用品；要寫的作業、要帶的課本，從來沒有漏寫或漏帶過。

前幾天的晚餐後，媽媽一如往常的幫我檢查功課，卻找不到「國語第六課造句單」，翻遍書包裡的各個角落都沒看到。媽媽安慰我：

「會不會掉在安親班了？」

「不可能！」我急哭了，大聲喊著，「安親班的唐老師幫我看完功課後，整疊還我，我確定有收回那張造句單！」

媽媽趕緊打開已收妥的環保購物袋，裡頭什麼也沒有。這個購物袋是媽媽擔心書包太重，恐怕我的背部受傷或影響發育，所以特別為我準備了容易折疊的購物袋，放學時好幫我拿幾本書。

「已經八點多，老師早就下班了，怎麼辦？」我急得不知如何是好。如果交不了作業，明天整天就不能下課，我跟同學約好的遊戲怎麼玩？一定會被大家念！

媽媽不斷想辦法：先打電話到安親班的警衛室，沒人接聽；又想，若有人撿到，應該會交給唐老師。可惜，唐老師在電話裡說：「小喜確實寫了作業，我檢查後也還她了，但下班前都沒有人撿到任何紙張給我。不過，另一位孫老師可能還在加班，也許可以問問她，並請她檢查我桌上的那疊資料看看。」

我們捉住了一絲絲希望，打電話給孫老師。她也說沒有人撿到東西，並答應幫忙檢查唐老師桌子，不過需要一些時間；無論如何，都會在九點左右回電話給我們。

就在這段煎熬的等待時間裡，媽媽提醒我接下來的對策：「如果找到作業，我明天就幫妳送回學校補寫；如果沒有，我會在聯絡簿上寫清楚原因，請老師網開一面，再給妳一張造句單重寫，好嗎？」

「可是，原來的那張造句單背後有一些老師和我們討論的筆記；若是重寫，我會花更多力氣耶！」我根本聽不進去，一直看時鐘，期待電話鈴聲快點響起。

媽媽耐心的告訴我，遇到事情時要冷靜面對，並思考其他可以解決問題的辦法；聽了媽媽的話，我的心情才漸漸恢

復平靜。

美妙的電話鈴聲終於響起！雖然老師回覆的是沒有找到的壞消息，我心裡卻不再擔心受怕了。

隔天，老師看到媽媽寫的聯絡簿後，不但沒念我，又再拿了一張造句單讓我回家重寫；因為我對昨天的討論還記憶猶新，很快就寫好作業了。

事情就這麼搞定了，沒我想像中的可怕嘛！今天中午回到安親班，唐老師有點不好意思的對我說：「小喜，真對不起，妳的造句單被我壓在一堆資料的最下層，今天才發現它，真是抱歉！」

「沒關係啦！」我笑著說；心想，就把造句單留著作紀念吧！

給小朋友的貼心話

小朋友，自己的東西一定要妥善保管好；尤其是單張的考卷或作業單，特別容易遺失，放在透明資料夾裡，才能一目了然和保存。如果不小心遺失了，記得要冷靜的找線索回想，並且思考其他代替或解決的辦法，心慌或生氣是解決不了事情的呵！

臉上的「小紅豆」

三月二十六日（四）

天氣：

受傷至今三個多禮拜，上週末到醫院拆除左鼻孔下方的手術縫線後，我今天帶著忐忑不安的心情，脫去口罩、撕下OK繃去上學。

回想剛受傷時，除了在家外，我總是時時刻刻戴著口罩。

受傷後的第一個上全天課的日子，媽媽幫我準備牛奶和麵包當午餐；「午休時，妳可以將食物放在腿上趴著吃，就像這樣……」媽媽邊說邊示範。

「這樣很奇怪耶！」

「不會啦！我們小時候，有同學怕自己帶的菜色不好，總是躲著吃便當，妳就學我同學這樣吃嘛！」

「可是，那些調皮的男生一定會低頭下來偷看我。」

「中午大家肚子餓，趕著吃飯，沒人會看妳的。」

「真的要這樣嗎？」

「再說，老師也在，同學不敢搗蛋，妳放心啦！」

「喔！好吧！」

結果，我只敢將吸管塞入口罩裡喝牛奶，寧可餓肚子，也不敢拿下口罩吃麵包。

不久後，我的「怪異」被老師發現；由於座位靠窗，聰明的老師讓我躲到窗簾裡吃東西，解決我用餐的困擾。

而到餐廳吃飯時，我一定要選擇最角落的位子，請爸媽幫我擋住視線，還想盡辦法避開鄰座目光，用手遮遮掩掩的進食；這讓我滿桌佳餚當前卻食不知味，難過極了。

雖然我很期待能脫下口罩和同學玩，擺脫它的悶熱，以及說話時讓人聽不清楚的困擾；但我最擔心的是，傷口會像科學怪人般的嚇到同學，或是留下來的疤痕成為笑柄，讓我的心靈受到二度傷害。

幾天後，雙頰的大片擦傷已剩下不明顯的淡粉色塊，我才敢拿下口罩，留下一片OK繃貼在左鼻孔下方，掩蓋著手術縫線的傷口。

還好，醫生伯伯說我恢復良好，日後只要每天擦一點美容膠水，

就能漸漸讓傷口撫平、完好如初。

但是，我今天仍留著一道又紅又圓的傷疤上學，令我既期待、又怕受傷害！

「嘿！笑嘻嘻，我終於看到妳的傷口了。」鄭美麗笑著說。

「早上擦了美容膠，為了透氣，連OK繃也不能貼。」

「哇嗚！妳的傷口好漂亮唷！」包滿玉睜大眼睛看著我的傷口。

「哪裡漂亮了？」艾明莉一頭霧水。

「對呀！傷口怎麼會用漂亮來形容？」

「妳的傷口凸凸圓圓的，還帶著淡淡的粉紅色，好像我最愛吃的紅豆呢！」包滿玉流露出羨慕的眼神。

「真的耶！」幾個好同學都圍過來了。

「現在是略大顆的小紅豆，過一陣子就變成標準的小紅豆了。」

同學的安慰化解了我不安的心情，讓我忽然茅塞頓開：原來，面對自己的傷痕並沒有想像中那麼難，都是被自己的想像給嚇壞了！

給小朋友的貼心話

小朋友，你曾有過自己或看見同學受傷的經驗嗎？我們除了要好好保護自己外，當同學受傷時，絕對不能袖手旁觀、甚至取笑同學；不但要伸出援手，更應該發揮同理心，好好安慰受傷的人，別讓他心理受到二度傷害呵！

慢飛小天使

四月十二日（四）　天氣：

今天的生活課要到特教班學習製作爆米花，讓我感到十分開心。

這學期開始，每兩週到特教班作點心的DIY課程，是我最期待的時光；我非常喜歡跟他們一起上課、一起學習的感覺，尤其是有機會為他們服務，讓我覺得特別榮幸。

記得我剛上小學時，非常害怕看到特教班的小朋友；每次經過那幾個班級，總會不安的繞道而行。

因為，他們看起來怪怪的；有的兩眼無神，有的隨時都開心的傻笑著，有的行動不方便，有幾位則看起來跟我們一樣是普通小孩……真不知道他們為什麼要去讀「特殊教育班」？

一年級的某天下課時間，有位小姊姊突然跑進教室裡，摸著我紅色的米妮書包，對著我笑嘻嘻的說：「嘿！妳的書包好漂亮呵！」

我被她突如其來的舉動嚇到了；再加上她的笑容看起來有點怪，令我害怕得跑到教室後面，跟正在批改作業的老師說。

老師一看就知道她是特教班的小朋友，便微笑的跟她說：「這個書包很漂亮嗎？」

小姊姊點點頭；老師又說：「妹妹很謝謝妳欣賞她的書包呵！不過，妳突然跑進來，有一點嚇到她了。」

她似懂非懂的對我點點頭。正好上課鐘響，老師拍拍她的肩說：「上課了，回教室吧！」並請班長游詠晴陪她回去。我後來才知道，她是檸檬班的林敏芳。

過沒多久，學校安排特教班小朋友和我們一起上課或玩遊戲，讓我們有機會進一步認識他們。

老師說，特教班的小朋友其實是還沒開竅的「慢飛小天使」，每位小天使都有不同的天分。

例如，林敏芳有非常敏銳的聽覺，只要她媽媽走進學校大門口，她就能聽到媽媽走路的聲音。

還有小帥哥何畢炎，他喜歡井然有序的生活。比方說，他知道週末是休假日，如果週六學校辦運動會或藝文發表會，當天要到學校參加活動，沒有提早幾週跟他說明的話，他就會生氣的抱頭大叫。不過，他的數學特別好，所以每星期都到我們班上數學課。

有一次，老師安排他坐在我隔壁，要我當他的小老師，我緊張到快說不出話來了。我

鼓起勇氣跟他說明算式時，他輕輕對我笑著，而且一聽就懂了，比班上許多同學還厲害，令我對他刮目相看，也對自己的緊張兮兮感到不好意思。

後來，我們就常玩在一起了。今天的爆米花課程，又是和何畢炎一組；我們同心協力的拆開蛋糕紙杯，分送給其他同學，準備等一下能裝爆米花吃。

聽著鍋子裡嗶波響的聲音，感覺像是努力迸發的花朵；我希望，每一位慢飛小天使都能快快樂樂學習，有朝一日也能像玉米粒變成爆米花般，迸發出他們的生命精彩！

給小朋友的貼心話

小朋友，如果你身體受傷了，你會不會希望別人用異樣眼光看你？還是希望得到大家的關心和祝福？小部分的慢飛天使也許外貌有一點點特別，但他們也和我們一樣，都期待得到關心和祝福。下次遇到他們時，一定要多給他們一些鼓勵唷！

分享——加倍的快樂！

四月二十一日（六） 天氣：

這個週末，我與晏晏和晴晴、嘟嘟和小花兩對兄妹一起去「動畫故事館」參觀；因為我們的三位媽媽是超級好朋友，所以我們從出生開始，也成為常玩在一起的好朋友。

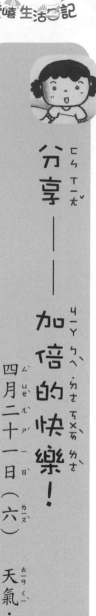

我和晏晏兄妹先出發，在故事館裡玩「問題尋寶」的闖關遊戲，拿著闖關卡到每個樓層尋寶找答案。晴晴念幼稚園大班，還沒有學寫字；所以，看問題、找答案和寫解答，都由我和晏晏協助她。

我們一邊參觀動畫、繪本以及作者介紹，一邊尋寶找答案、蓋可愛的圖章，很快就跑遍整幢樓，完成闖關遊戲，順利的在服務臺向大姊姊兌換每人兩張的立體拼圖卡。

我們拿著圖卡，想像它拼好的樣子，心中雀躍不已。這時，嘟嘟兄妹到了。

「晏晏、晴晴，你們願意各分享一片圖卡，讓嘟嘟和小花也能一起玩嗎？」晏晏媽媽詢問小朋友的意見。

「好呀！好呀！」

小巧精緻的拼圖卡，非常適合我們的小手操作，大家一邊討論一邊組裝。晏晏手腳最快，很快就拼出了一隻生動可愛的小雞，還幫晴晴組裝了飛天小女警。

拼好圖卡後，我們發揮創意，玩角色扮演遊戲、或編故事、或打鬧；除了動動手作拼圖外，也動動腦筋創造出許多新玩法。

大家邊作、邊討論、邊玩耍，一起分享彼此的成果，比自己一個人研究、一個人玩，加倍有趣、更加開心。

今天是故事館的館慶日，許

多好玩、好看的活動吸引著我們幾個小蘿蔔頭；其中的有獎徵答活動，還提供神祕小禮物，讓小朋友們都用力的高喊：「選我！選我！」

我們真幸運，一共拿到三個相同的小獎品，可惜晏晏和晴晴沒有拿到禮物。

「小花，妳和哥哥一起玩，這個小禮物和晴晴他們分享，好

嗎？」嘟嘟媽媽輕聲詢問小花。

「沒問題！」小花立刻將手中的小禮品拿給晴晴，讓我看了好感動，心裡為他們按了個讚！

拆開一看，原來是USB隨身碟。雖然對小朋友來說使用機率不高，但贏得禮物的感覺，就像是中了頭獎一般！尤其又獲得好朋友的分享，這種受人重視跟喜愛的感覺，讓人很是開心。

雖然我是爸媽唯一的孩子，受到所有家人和長輩的關愛，但我也樂於分享，常帶喜歡的小點心和同學、朋友分享；我看過的書、玩具和衣物，也會分送給其他的弟弟、妹妹。

媽媽說，我們都是來自天堂的善良孩子；得到大人的肯定，讓我感到十分歡喜。

我今天雖然沒能及時分享，但晏晏和嘟嘟兄妹的表現讓我很感動，他們都是我學習與成長的好榜樣呢！

給小朋友的貼心話

小朋友，你有沒有發現，一個人吃飯和一群人吃飯的美味程度不同？一個人玩玩具，以及幾個小朋友一起玩的快樂也不一樣？有句話說：「分享使痛苦減輕、讓快樂加倍。」相信你一定瞭解，也要常提醒自己作到呵！

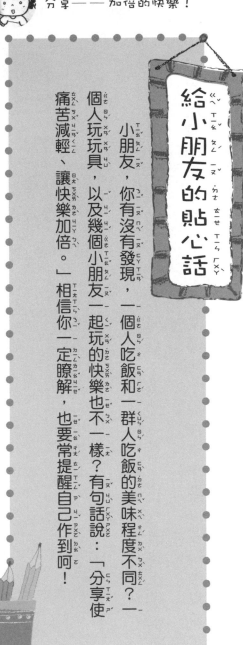

罷免班長

四月二十四日（二） 天氣：

曾正壯，不僅功課好、人緣好、多才多藝，還代表班上參加許多比賽都成績優異；所以大家投票選他，擔任這學期班長和校模範生代表。

誰知道，他當了班長後，一切都變了調。

「現在，發第一次段考的數學成績。」老師站在黑板前面，開始發考卷。

沒多久我就拿到了；「妳要加油，不要再粗心大意了。」老師帶著鼓勵的眼神看著我，偏偏坐我隔壁的曾正壯又考一百分。

「我真是太厲害了，國語、英文、數學三科都滿分呢！」才喊完下課口令，他就迫不及待的愛現他的好成績。

他又繼續說：「唉！我來幫老師給自己改考卷好了；為老師分憂解勞，是班長義不容辭的事啊！」

「那你一定給自己打一百分嘍！」連他的好朋友薛天龍也看不過去。

「嘿！嘿……」他一臉得意的笑著。雖然我也很欽佩他的聰明才智，但他那驕傲的表情真讓人討厭！

「啊！螞蟻！」我驚叫著彈離座位。

包滿玉聽到尖叫聲，趕來營救我。順著螞蟻行列找過去，她看到曾正壯抽屜裡有黏呼呼的糖果、發霉的麵包和變軟的餅乾。

「這就是我們的班長嗎？」包滿玉高聲說。

「我們要罷免班長！」高孝丰小小聲回應。

「贊成！」陳琵玫大聲呼應。

「不要亂講話啦！」游詠晴是上任班長，公正無私、活潑大方，是大家心目中的理想領袖；可惜老師說不能連任，要將領導的機會讓給其他同學。

「為什麼不能罷免？現在是民主時代耶！」陳琵玫補充。

「我們投票選他當班長，領導我們、做為我們的表率；他作得不好，當然可以罷免呀！」包滿玉果然是女中豪傑，直接切入重點，「驕傲又邋遢，最氣的是他不公平！」

午休時間或上課鈴響老師還沒進教室前，班長得站在講臺上，將不守秩序的同學名字記在黑板上；但像薛天龍、郝冶倫等這些他的好朋友在搗蛋耍寶時，曾正壯都假裝沒看

到。

「對啊！我有時候只是趴睡時換邊，就被記了。」

「我回頭還橡皮擦給曾芬芳也不行！」

大家你一言、我一語，開始數落曾正壯不適任班長的原因，罷免風波越演越烈。於是，大家派游詠晴和包滿玉向老師報告我們的結論：

「罷免班長，重新改選！」

「嗯！我會處理。」老師用心傾聽意見後說。

今天早上，老師跟大家說：「曾正壯知道自己很多地方作得不好，他承諾會逐一改進，也請同學們再給他一次改過的機會，好嗎？」

曾正壯站起來向全班同學鞠躬，表達他的歉意。於是，我們同意老師的建議，決定再給他一次機會。

給小朋友的貼心話

小朋友，在一個民主時代裡，推選出有能力又值得信任的人為大家服務，就是所謂的「選賢與能」；受到擁戴與期許的人，應該全力以赴、不負所託才對。故事裡的曾正壯濫用職權而引起公憤，的確很不應該；還好他勇於認錯、知錯能改，是不是也很難能可貴呢？

我的小客人

五月七日（一） 天氣：

我是家裡唯一的小孩，常常得跟自己相處；所以，一有和其他小朋友玩的機會，我都非常開心，像是親戚家的弟弟妹妹、爸媽朋友的小孩或鄰居朋友等。最近獲得爸媽同意，可以邀請同學來家裡玩，我超期待的。

終於，在上週末，我約了艾明莉、包滿玉在結束童軍社團的活動後，一起到家裡來玩。

艾明莉一進門就問：「喂！妳的玩具在哪裡？」我趕緊帶她到房

間，搬出了扮家家酒的玩具，先讓她挑選，然後去找上洗手間的包滿玉。

到了客廳，只見包滿玉很有禮貌的跟媽媽問好：「小喜媽媽好！」然後從口袋拿出預備好的金莎巧克力說：「這是我媽媽準備的小點心，謝謝您的邀請！」等媽媽謝過後，才跟著我到房間一起玩遊戲。

午餐時間到了，廚房飄出了好濃的香味；我老早就央求媽媽親手製作我心目中的人間美味——披薩和焗烤馬鈴薯，來招待我的朋友。我們圍著酥脆的披薩、香噴噴的焗烤馬鈴薯和爽口清涼的果汁，大家一口氣吃個精光，還不停的吮指回味，真是開心！

午餐後，我們又搬出迪士尼公主城堡和凱蒂貓別墅到客廳，玩角色扮演遊戲；還到樓下拍球、跳跳繩、轉呼拉圈……直到天色漸暗，才依依不捨的跟她們道別。

我對自己第一次當主人的精心安排，感到自豪極了，我的小客人們一定也很滿意！

沒想到，今天艾明莉在朝會後回教室的途中，居然在我面前跟曾芬芳說：「吳小喜家好小呵，不像妳們家那麼大！」艾明莉和曾芬芳是鄰居，放學後常常玩在一起。

我一聽，火冒三丈的回說：「哪會啊！」一旁的包滿玉有著不一樣的看法：「我覺得吳小喜家玩具很多、很好玩，午餐又好好吃呢！

小喜媽媽烤的披薩跟平常吃的好不一樣呵！」

「但是，她家真的比較小，玩具種類也沒有曾芬芳家多呀！」艾明莉繼續批評。

我氣得說不出話來。回家後跟媽媽抱怨：「我再也不要請艾明莉來家裡了！」

「也許我們家真的比較小，那有什麼關係呢？」對於

艾明莉說的話，媽媽一點兒也不生氣。她說：「你們還小，很多事情還在學習，到別人家作客也還不是很有經驗。」媽媽提醒我學習包滿玉當天的行為，當個有禮貌而且受歡迎的客人。

接著，媽媽還笑著說：「妳學過《論語》『見賢思齊焉，見不賢而內自省也』這句話吧！意思就是說，看到別人表現很棒，就要學習他的長處；如果遇到不好的例子，就要好好反省自己，不要犯了同樣的錯誤。」

我雖然不太懂，不過我知道應該要原諒艾明莉；畢竟，我還是希望大家下次再來我家玩！

給小朋友的貼心話

小朋友，你想要當一位稱職的主人，或是受歡迎的小客人呢？當我們身為主人時，就要大方分享，讓客人有賓至如歸的感覺；當我們成為客人時，就要有禮貌，並且誠懇的感謝主人的貼心安排，才能達到賓主盡歡的相聚。

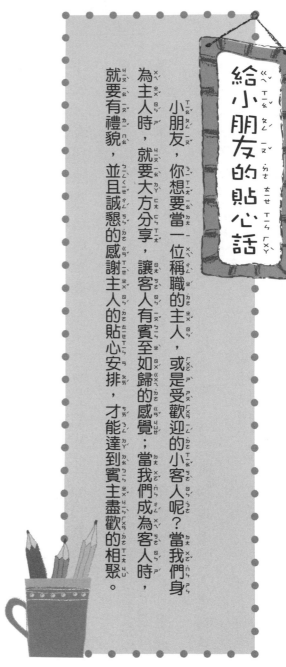

媽媽變成仙女了

五月十九日（六） 天氣：

陳琵玫的媽媽成為仙女了！

昨天，看到陳爸爸送她來上學，臉上帶著哀傷的表情和老師說話，我就覺得不對勁。

果然，陳爸爸離開教室後沒多久，老師就把陳琵玫叫過去，跟她說：「媽媽不在了，如果在學校想起媽媽，可以來抱抱老師，老師就是妳在學校的媽媽；還有，要幫忙照顧妹妹呵！」

想不到，陳琵玫居然還微笑著跟老師說：「謝謝老師的關心，我會好好照顧妹妹，當她的好榜樣。」

「陳琵玫，妳媽媽不是好多了嗎？」包滿玉想起去年耶誕節聽說陳媽媽生病時，大家都很難過；她時好時壞，我們的心情也跟著七上八下。

「是啊！不過後來媽媽就變得很不好，常常要叫救護車送急診。」

「那……妳會不會難過？」我小心翼翼的問。

「剛開始會擔心、會害怕；可是，媽媽一直安慰我們，要我們快快樂樂的學習、健健康康的長大；因為，她會變成仙女，隨時隨地在身旁守護著我們。想到這裡，我就不難過了。」

「以後誰接送妳和妹妹上下學啊？」鄭美麗最不喜歡自己上下學。

「我們和奶奶、伯父住在同一個社區，最近都是他們接送。」陳琵玫歪著頭想了一下說，「不過，我明年三年級了，應該可以帶著妹妹一起上學；何況我家就在學校附近，過馬路有導護老師和志工媽媽幫忙，應該沒問題。」

「妳爸爸會不會再娶新媽媽？」艾明莉居然大剌剌的問出我心裡的話。

「媽媽說，如果有一天有個阿姨很喜歡爸爸，應該也會喜歡我們；多一個人陪伴我們，她會更安心。」陳琵玫心平氣和的講起這些

「大事」，實在太了不起了！

「妳好勇敢呵！」我佩服得五體投地。

「沒有啦！因為我很愛媽媽，不希望看到她全身插滿管子，一直躺在病床上不停的吃藥。爸爸說，媽媽現在不會再生病了，她已經變成仙女守護大家，讓我們都記得媽媽美麗、溫柔的樣子……這樣也不

錯啦！」陳琵玟說話的時候，我感覺到她就好像看到了媽媽一樣。

今天是學校的藝文發表會；即使昨天家裡發生大事，陳爸爸、陳奶奶還是到現場看我們全班的表演，更為陳琵玟和妹妹加油打氣。他們全家都很努力想要讓生活回復原本的樣子。

其實，我真的很怕談到「死」這個話題。我雖然才八歲，卻也經歷了外婆、曾祖母的過世；那種見不到親人的感覺，真的很不好受。不過，陳琵玟告訴我們的真心話、她堅強的表現以及一家人互相珍惜的相處，讓我知道，我也可以學習不再感到不安和害怕。

給小朋友的貼心話

小朋友，「生老病死」是大自然裡最自然的事，人也不能例外；面對親人「不在了」，我們要學習認識這樣的過程，珍惜與家人相處的幸福時光。另一方面，也要好好照顧自己的身體——儘量避免熬夜、拒絕好吃卻不健康的加工食品和零食；更要適當的運動、休息，促進身體健康呵！

早安伯伯，Good Morning!

六月六日（三）　天氣：

我每天都走路上學，出門後過個大馬路，彎進巷弄裡的圳溝步道，再過個美麗的拱橋，就能抵達學校。在大約十分鐘路程裡，我總能發覺一些特別而有趣的事情；一天的開始，總希望能像早安伯伯一樣開開心心、充滿活力。

每天出門，我都很期待能遇到笑瞇瞇的早安伯伯，他是一名市政府的資深清潔工；無論豔陽高照或颱風下雨，二十多年來都在附近打掃。雖然他走路一跛一跛，行動有些不方便，又是做人人不想做的打掃工作，但他總是笑臉迎人，我和媽媽私底下都稱他「早安伯伯」。

後來我才發現，早安伯伯就住在我家社區旁一幢小公寓的一樓，家門口堆了一些回收物品，他的太太也幫社區大樓作垃圾分類。我有時候幫忙倒垃圾，阿姨總是不厭其煩的指導我、和藹可親的協助我作好垃圾分類工作。他們夫妻兩人都是親切和善的長輩，我很喜歡他們，偷偷幫她取名「晚安阿姨」。

有天傍晚下課，巧遇還在工作的早安伯伯，媽媽很驚訝的跟他打招呼：「咦！快天黑了，您怎麼還沒下班？」

手拿著竹掃把和畚箕的伯伯說：「快了、快了！」

伯伯笑著說，他每天大概清晨三、四點就出門打掃，六點多回家吃個早餐再工作，午餐過後再出來掃地；如果還沒整理好，就晚餐後繼續打掃。附近大約三個捷運站的範圍都屬於他的管轄區域，每條街一天掃兩次，每天工作超過十二小時以上呢！

「工作時間這麼長，您不會累嗎？」媽媽感到心疼。

「習慣就好了，當成運動呀！」早安伯伯滿是皺紋的臉上，出現歡喜的光采繼續說，「有人花錢請我運動，我開心都來不及呢！不過，我明年就要退休了。」

原來，早安伯伯的三個女兒都是大學畢業；老大跟老二已經結婚，為他添了孫子，他確實不需要再這麼勞累。

我聽得目瞪口呆。我上全天課時在教室坐上七、八個小時，就快

累死了；早安伯伯掃地掃十幾個小時，還能笑嘻嘻，簡直是超人！我心裡對他肅然起敬，敬佩得不得了。

今天又遇到早安伯伯了。有一陣子沒見到他，我和媽媽很開心的跟他道早安，他微笑的回我們：「早啊！妹妹長高又變漂亮了。」媽媽和我相視而笑，我高興得快要飛起來了。

「謝謝伯伯！」不必等媽媽提醒，我立刻跟他道謝。

記得老師曾說過：「只要專心完成一件事，就算是成功的人。」我想，早安伯伯應該算是一位成功的人；不論刮風下雨，他都開開心心的工作，為我們帶來乾淨整潔的環境，還不吝於讚美人家。

我也要向早安伯伯看齊，學習他樂天知命、隨遇而安、樂於助人的精神。

給小朋友的貼心話

小朋友，我們總會欣賞打扮時尚、穿著體面的上班族；其實，對於每天與垃圾為伍、為我們服務的清潔人員，我們更需要以感恩的心情表達對他們的敬意；有他們不怕髒汙、不畏辛勞的奉獻，我們才有整齊清潔的生活環境。下次遇到他們，請大聲的對他們說：「謝謝您！」

大人忘記了

六月九日（六） 天氣：

大人很奇怪，總愛問我們一些無聊問題；尤其是我媽，她連「先有雞還是先有蛋？」這類無解的科學問題也要問我。

今天，她突然問我：「笑嘻嘻，逛百貨公司、賣場和去公園玩，妳喜歡哪一項？」

「當然是公園，那裡有好玩的盪鞦韆和溜滑梯呀！」我手裡抱著「名偵探」系列書，不假思索的說。

「可是，又不是每個公園都有遊樂器材？」

「沒遊樂器材，就自己帶球或泡泡去吹；否則，約幾個小朋友去跑跑跳跳，看小花、追蝴蝶、玩影子創作遊戲也很好玩呀！」

「公園很熱耶！」

「我們哪會怕熱？只要有伴一起玩，到哪裡都會很有趣的。」

「你們小朋友是不怕熱！」媽媽還是不死心的追問，「但是，妳不覺得，百貨公司裡燈光美、氣氛佳，又有好吃的餐廳、美麗吸睛的新鮮玩意兒，更不怕風吹雨打和日晒，不是很棒嗎？」

「是還不錯，但比不上公園呀！根本就是你們大人自己愛逛百貨公司和大賣場，我們哪會喜歡？」我看了媽媽一眼，她瞪大眼睛，用不可思議的眼神看著我。

「你們大人最不瞭解小朋友了！」我覺得大人真的很奇怪，好像都忘了自己的童年是怎麼過的？

其實，爸爸曾經說過，他小時候住在鄉下的三合院裡，放學回家要先餵雞、燒柴煮熱水，然後和鄰居小朋友一起玩：爬到荔枝樹上、用報紙自製手套打棒球、折紙船在排水溝裡比賽等，

好像每天都有玩不完的精彩遊戲。

媽媽則是都市小孩，外公、外婆偶爾在假日帶他們去公園打球或爬山，暑假期間則會回鄉下去住。媽媽對於夏天早晨的蟬鳴鳥叫、午後雷雨的雨聲蛙鳴印象深刻；尤其是在菜園裡追蚱蜢、觀察蝴蝶，雙腳泡入清涼的溪水裡，在長滿青苔的石頭縫底找魚

蝦，最讓她難忘。

他們怎麼都不會提到，自己陪他們的爸媽去哪裡採買精美禮品？在哪個餐廳吃了什麼美食？或是收了哪些特別的玩具？他們記憶深刻的，幾乎都是和大自然的事物有關耶！

上個週末，我們和曾芬芳、包滿玉兩家人一起去附近的登山步道走走，順便跟著賞蝶協會的叔叔、阿姨認識步道上的蝴蝶和植物；我們小朋友都覺得不虛此行，捨不得離開呢！

許多大人都說現在的小朋友都是愛看電視、玩電腦和手機等數位產品的「數位小孩」；其實，我們最需要的是「陪伴」啦！只要有爸媽或同學玩伴一起玩，大自然裡多的是有趣的事物，我們才不會一直盯著大人擔心的小螢幕呢！

給小朋友的貼心話

小朋友，無論手機、電腦或電視，都是傳遞與接收訊息的產品，花太多時間在上面，很容易傷害眼睛；尤其是，你們都還在學習階段，網路上的訊息又不一定正確或適合你們。不妨多提醒爸媽，陪你們閱讀，或到戶外走走，體會一下大自然的美麗吧！

黑名單

六月十四日（四） 天氣：

最近天氣不是很穩定，忽晴忽雨又有點悶熱，大家都懶得出去玩，大部分女生都賴在教室裡聊天。

有一天，遊戲發明才女鄭美麗突發奇想的說：「我們來玩『黑名單』遊戲吧！」

「聽起來很有趣耶！不過，名單為什麼是黑的？」艾明莉問。

「要怎麼玩哩？」我也一頭霧水。

「就是把不喜歡的同學名字寫在紙上，那就是你的『黑名單』

了。」鄭美麗講解遊戲規則，「如果你又覺得那個同學不討厭了，也可以把他擦掉換人。『黑名單』一次最多不超過三個人。」

「好啊！好啊！」艾明莉拍手叫好。

「巴貞、包滿玉和曾芬芳最近都不跟我們玩，先把她們三個列入黑名單！」我提議。

「嗯！好！」我們三個開始像偵探似的，每節下課到處找黑名單人選，這讓我有同仇敵愾的快感，有趣極了！

「笑嘻嘻，我決定把妳列入我的黑名單了！」沒想到，才過了一個午休，我就立刻由紅翻黑，成了艾明莉的黑名單人選。

「為什麼？」笑嘻嘻的我立刻變臉成氣呼呼。

「巴貞是『黑名單』，妳居然跟她說話？」

「我沒帶尺，跟她借一下也不行呵！」我大聲抗議。

「不管啦！」艾明莉對我吐吐舌頭，「因為包滿玉請我和鄭美麗吃糖，我們決定將她除名，把妳列入黑名單。」

就這樣，我每天都跟媽媽抱怨我被誰選入黑名單，或者又被漂白成好朋友。大家想玩這個遊戲，卻又沒人希望自己被列入黑名單裡；被選上的人總覺得自己被排擠，然後氣急敗壞的為自己爭辯，最後吵成一團。我們越玩越不開心、越玩越火大。

昨天，我聽到巴貞叫大家不要理我，簡直快把我氣炸了。我上次受傷時全身血跡斑斑，只有她勇敢的去跟老師報告、還陪我去保健室；從那次以後，我們就成為形影不離的超級好麻吉。她現在居然要大家把我列入黑名單，我難過得回到家時抱著媽媽痛哭起來。

「玩遊戲不就是要讓大家開心的嗎？」媽媽等我情緒和緩一點後說，「這『黑名單』遊戲好像專為吵架設計的，大家應該都在忙著生氣吧！」

「對耶！」媽媽真是一語驚醒夢中人。

「所以，妳對哪個同學生氣、不喜歡誰，跟我說就好了，不用寫在黑名單、跟同學討論吧！而且，不開心的事需要記那麼清楚嗎？」媽媽說，「更何況，會吵吵鬧鬧的朋友才是好朋友，不是嗎？」媽媽說得真有道理。

我決定，要多記開心的事情，還要跟同學們說我不玩「黑名單」遊戲了啦！

給小朋友的貼心話

小朋友，你有沒有發現，最常和你吵吵鬧鬧的人，通常都是你最好的朋友？因為，不熟的同學不會常和你玩，就沒有機會吵架嘍！所以，大家要珍惜相處的緣分，不要計較太多，才能開心的玩在一起呵！

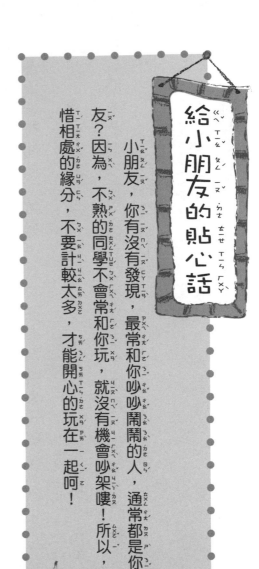

學校的媽媽

六月二十九日（五） 天氣：

今天，是低年級的最後一天課；結業式之後，我們大家最期待的暑假就將開始。不過，我心裡有點淡淡的難過。

暑假過後，我們將會進入中年級、重新分班，不知道能不能再和好朋友們同一班？而且，上了中年級後，這兩年照顧、教導我們的廖老師，就不會再當我們的班導師了。

記得我上小學的第一天，走到教室門口，就看到廖老師細心布置了許多圖案貼紙、放上桌牌、繪本，還準備了每個人的名牌，讓大家

[illegible]的時候不但有故事書可以看，也讓同學可以彼此認識；我走進校門時的緊張和不安，一下就消失了。

放學前，廖老師發給每人一個精美小袋，裡頭放著兩隻棒棒糖和一張可愛的小卡片，上面寫著：「歡迎小喜來上小學，老師愛妳唷！」老師的體貼話語，讓我心中放下剛到新環境時的大石頭，展開了小學生活。

開學後不久，學校通知說要施打疫苗；對我們小一新鮮人來說，是第一次單獨面對這麼「恐怖」而重大的事情。打針那天，雖然有幾位同學的媽媽志願協助，大部分同學的心情還是七上八下，哭泣聲此起彼落，像推骨牌一樣，一個接著一個，我也跟著哭起來。

「同學們不要緊張！待會兒勇敢打針的小朋友，老師會記三次嘉獎呵！」老師趕緊出面要大家鎮定，「如果會害怕，也可以抱抱志工媽媽，她們會安慰你。」聽到可以記嘉獎，有些人的情緒就比較和緩了。

「可是，老師，志工媽媽不是我媽媽，我會怕！」趁老師走到我身邊，我悄悄的問她。

「沒關係，老師就是妳在學校的媽媽呀！」老師溫柔的對我說，「等一下打針時，老師抱著妳好不好？」我還記得那一天上午，老師的溫柔臂膀、溫暖胸膛，好像有神奇的魔法，居然讓打針這麼恐怖的一下就過去了。

最後一節上課鐘響時，包滿玉回過頭問我：「妳在想什麼？」

「我在想，我們也許有機會再同班，但可能再也沒機會當廖老師的學生了。」

「對呀！老師對我們真好。」

「有一次我和鄭美麗都忘了帶餐盒，備用餐盒只有一

個，她就拿自己的借我們用。」

「我剛開始學寫國字時，寫得很不好看，老師還是一直鼓勵我，在作業本上蓋『你好棒』或是『讚』的手勢，讓我對自己有信心。」

「最感動的是，我媽媽當仙女後，老師跟我說，想媽媽時可以去抱抱她，她是我在學校的媽媽。」陳琵玟說。

「那次我來不及上廁所，不小心弄溼褲子，老師居然也變出一條褲子給我，還幫我保守祕密呢！」我說，「可是，我卻不知道要怎麼表達謝意？」

「有了！我們來做張卡片，謝謝老師對我們的教導。」鄭美麗提議，大家都很贊同。

放學時，我們幾個同學把卡片交給老師；她看了之後，微笑著對我們說：「謝謝你們！以後還是可以來看我啊，老師永遠都是你們在學校的媽媽呵！」

給小朋友的貼心話

小朋友，有沒有想過，老師要同時照顧幾十個小朋友，是不是很厲害又很辛苦呢？老師不但要教課、批改作業，還要負責大家的品格教育、生活規範等工作；你覺得，怎樣才不會辜負老師的苦心呢？如果你有適當的機會，就大方的謝謝老師吧！

𣪘出版品預行編目資料

囍生活日記 / 吳文峰 / 作；簡金玲 / 繪—
ǀ.—臺北市：慈濟傳播人文志業基金會，
14.04〔民103〕192面；15X21公分
ISBN 978-986-5726-04-1　（平裝）

859.7　　　　　　　103007338

故事HOME 28

笑嘻嘻生活日記

創辦者　釋證嚴
發行者　王端正
作　者　吳文峰
插畫作者　精靈（簡金玲）
出版者　慈濟傳播人文志業基金會
11259臺北市北投區立德路2號
客服專線　02-28989898
傳真專線　02-28989993
郵政劃撥　19924552　經典雜誌
責任編輯　賴志銘、高琦懿
美術設計　尚璟設計整合行銷有限公司
印製者　禹利電子分色有限公司
經銷商　聯合發行股份有限公司
新北市新店區寶橋路235巷6弄6號2樓
電　話　02-29178022
傳　真　02-29156275
出版日　2014年05月初版1刷
建議售價　200元